Cette nuit avec un inconnu

CLARE CONNELLY

Cette nuit avec un inconnu

Traduction française de
ELISABETH MARZIN

AZUR

HARLEQUIN

Collection : Azur

Titre original :
THE GREEK'S BILLION-DOLLAR BABY

HARPERCOLLINS FRANCE
83-85, boulevard Vincent-Auriol, 75646 PARIS CEDEX 13
Service Lectrices — Tél. : 01 45 82 47 47

www.harlequin.fr

ISBN 978-2-2804-4049-3 — ISSN 0993-4448

Prologue

Sa place de deuxième ex aequo sur la liste des plus grandes fortunes mondiales pouvait faire des envieux, mais l'expérience avait appris à Leonidas Stathakis que l'argent ne suffisait pas à faire le bonheur. Avoir des milliards sur son compte en banque ne compensait pas le manque qui vous torturait après avoir enterré les êtres à qui vous teniez le plus au monde. Être riche n'effaçait ni la souffrance ni le sentiment de culpabilité.

C'était sa quatrième nuit de la Saint-Sylvestre sans sa famille. La quatrième année qui s'achevait avec pour toute compagnie le souvenir de sa femme, Amy, et de leur fils de deux ans, Brax. Une éternité.

Quand il fermait les yeux, il voyait sa femme aussi clairement que si elle était debout devant lui. Il n'oublierait jamais son sourire lumineux. Comment un être doté d'une telle joie de vivre et d'une telle énergie pouvait-il cesser d'exister ? Malgré sa force, elle avait été terriblement vulnérable. Fauchée brutalement sur le chemin du terrain de jeux en compagnie de Brax. Ils n'avaient eu aucune chance contre ce monstre de métal conduit par un dément. Une chevelure flamboyante et des yeux de la même couleur que la mer qui entourait cette île… Son image était gravée à tout jamais dans sa mémoire. Il n'oublierait jamais Amy, victime collatérale avec Brax des activités criminelles de son père. Dion Stathakis avait non seulement conduit l'entreprise familiale au bord de la faillite, mais il avait détruit sa vie en provoquant la mort de sa femme et de son fils… Assailli par une bouffée de rage, Leonidas crispa les doigts sur son verre de whisky. Combien en avait-il bus ? Pas assez pour noyer sa souffrance, en tout cas. Surtout à cette période de l'année, où ses souvenirs étaient particulièrement douloureux. Et la foule autour de lui particulièrement euphorique. Autrefois, Amy et lui ne manquaient jamais eux non plus l'occasion de fêter le passage à une nouvelle année. À présent, chaque jour était une épreuve à endurer. Chaque année qui se terminait était une année à laquelle il avait survécu sans sa femme et son fils. Son existence même était une trahison. Combien de fois avait-il regretté de ne pas pouvoir donner sa vie pour leur rendre la leur ? Il était le fils du criminel. C'était lui, Leonidas, qui aurait dû payer pour les crimes de son père. Pas Amy et Brax.

Rongé par l'amertume, Leonidas vida son verre d'un trait. Sans qu'il ait besoin de faire le moindre signe, une hôtesse arriva aussitôt pour le remplacer par un plein, conformément à ses instructions. Être propriétaire du lieu comportait certains avantages. Il leva la tête vers la jeune femme, notant distraitement ses cheveux blonds, ses yeux noisette et sa silhouette élancée. Le genre de physique qu'il trouvait irrésistible autrefois. D'ailleurs, une lueur de désir venait de s'allumer en lui… Mais pas question d'y céder. Il reporta son attention sur son whisky, prenant plaisir à brimer son corps. Ça faisait quatre ans. Quatre ans sans Amy, quatre ans sans aucune femme. C'était un serment qu'il avait fait, et il avait bien l'intention de le respecter.

1.

Hannah n'était pas venue à Chrysa Vrachia pour perdre sa virginité. Si elle se trouvait sur cette splendide île grecque le soir de la Saint-Sylvestre, c'était parce qu'elle avait reçu un choc terrible qui l'avait poussée à fuir l'Australie, son oncle, sa tante et sa cousine. Sa cousine avec qui elle avait grandi comme une sœur… et qui couchait avec son fiancé.

Deux heures après les avoir trouvés au lit ensemble elle était à l'aéroport. Elle avait pris une place sur le premier vol en partance, qui se trouvait être à destination de Chrysa Vrachia. Ce lieu enchanteur qu'elle rêvait de visiter depuis des années. Falaises dorées, plages de sable blanc, eaux turquoise, forêts verdoyantes. Le paradis sur terre. L'endroit idéal pour dépenser l'argent économisé pour sa lune de miel et recoller les morceaux de son cœur. Il fallait croire que même les pires catastrophes pouvaient avoir du bon…

Elle n'était pas venue en Grèce pour perdre sa virginité, et pourtant son regard était irrésistiblement attiré par cet homme assis pas très loin d'elle dans ce bar d'hôtel. Plus elle le regardait, plus elle était parcourue de frissons. Du désir ? Sans doute. Mais il y avait autre chose. Une soif de vengeance ? De la colère ? Non. De la fascination pure et simple. Sans aucun rapport avec l'affront qu'elle avait subi.

Alors qu'elle jetait un nouveau coup d'œil à cet homme qui fixait son verre d'un air sinistre, Hannah fut envahie par une vive chaleur. Oui, pas de doute. C'était bien du désir. D'une intensité aussi inhabituelle que surprenante. Attendre le mariage pour faire l'amour était l'idée d'Angus, mais elle avait accepté. Elle aimait Angus, elle aimait sa façon de l'embrasser, de la serrer dans ses bras. Mais elle n'avait jamais éprouvé pour lui l'attirance irrésistible que lui inspirait cet homme. Il fallait reconnaître que l'idée de coucher avec un inconnu était séduisante. Ce serait sans doute la réaction la plus saine à la trahison d'Angus. L'image de son fiancé et de sa cousine nus entre les draps s'imposa à Hannah, et elle eut soudain du mal à respirer. C'était trop récent. La blessure était encore béante. Par ailleurs, cet homme semblait avoir envie qu'on le laisse tranquille. Une serveuse blonde venait de lui dire quelques mots, et il avait répliqué sans même lui jeter un coup d'œil. Il fixait le ciel d'encre qui s'illuminerait bientôt avec le feu d'artifice marquant le passage à une nouvelle année.

Minuit approchait. Hannah but une gorgée de champagne. Il ne lui était jamais arrivé d'aborder un homme. Elle ne saurait pas du tout quoi dire. De toute façon, c'était une idée stupide. À vingt-trois ans elle n'avait aucune expérience du sexe. Elle réprima un soupir. À défaut de commettre une folie et d'avoir une aventure avec un inconnu, elle pouvait s'autoriser un léger écart de conduite et s'enivrer un peu. Elle chercha un serveur du regard. N'en trouvant pas, elle se leva dans l'intention de commander directement au bar. Alors qu'elle se tournait au moment de quitter sa table, elle se heurta à quelque chose de dur et faillit perdre l'équilibre. Une main se referma sur son bras pour la retenir, et elle leva les yeux. Son regard rencontra celui de l'homme qui la fascinait depuis une heure.

— C'est vous…, lâcha-t-elle étourdiment.

Il resta impassible.

— Vous vous êtes fait mal ?

— Non, ça va.

Avec une audace qu'elle ne se connaissait pas, elle s'entendit ajouter :

— Mais je me dois de vous offrir un verre. Pour vous avoir bousculé.

À son grand dépit, le visage de l'inconnu s'assombrit. Il

allait dire non… Il la regarda un long moment en silence, et elle reprit espoir.

— Ce n'est pas nécessaire, finit-il par répondre.

Mais il resta immobile, les yeux toujours fixés sur elle. C'était bon signe… non ? Elle cala une mèche cuivrée derrière son oreille en disant :

— Je suis désolée, je ne regardais pas où j'allais.

— Moi non plus… Ce serait plutôt à moi de vous offrir un verre.

Elle fut assaillie par une bouffée d'euphorie.

— Si j'offrais la première tournée et vous la deuxième ?

C'était la première fois de sa vie qu'elle se montrait aussi effrontée, mais depuis qu'elle avait surpris Angus au lit avec Michelle il lui en fallait beaucoup pour se sentir embarrassée.

Il plissa le front, puis il hocha imperceptiblement la tête.

— Marché conclu, mademoiselle…

— Hannah.

— Hannah, répéta-t-il avec un accent chantant qui fit courir un frisson délicieux le long de sa colonne vertébrale.

— Et vous êtes… ?

— Leonidas, répondit-il, l'air surpris.

Un nouveau frisson la parcourut. Juste le genre de prénom qu'elle imaginait. Exotique et sexy. Il lui allait comme un gant…

— Vous avez une table ? demanda-t-elle en jetant un coup d'œil vers celle où il était assis quelques minutes plus tôt.

Un couple avait pris sa place. Et la sienne n'était plus libre non plus, constata-t-elle en se retournant.

— Je retournais dans ma chambre, dit-il.

Elle fut envahie par une vive chaleur.

— Vraiment ?

— De la terrasse on voit les lumières d'Athènes. Nous pourrions peut-être y boire ce verre ?

L'invitait-il seulement à admirer la vue ou avait-il autre chose en tête ? Il suffisait de le suivre pour le découvrir…

Non, c'était stupide. Complètement stupide. Ça ne lui ressemblait pas du tout. Mais ce soir ce n'était pas la raison qui lui dictait sa conduite. Son cœur et son amour-propre avaient été cruellement blessés. Elle avait besoin de se sentir désirable. Elle avait envie de découvrir le sexe. De chasser Angus de son esprit une fois pour toutes. Et cet homme à l'air mystérieux était celui qu'il lui fallait. Pour une nuit seulement.

Le bar était bondé. Quelqu'un qui passait derrière elle la bouscula, si bien qu'elle se retrouva de nouveau contre Leonidas. Il la retint encore, mais cette fois sa main se glissa dans son dos et y resta. Elle leva les yeux vers lui et vit les doutes qui l'assaillaient se refléter dans son regard.

— J'ai envie que vous montiez avec moi.

La surprise était aussi perceptible dans la voix de Leonidas que sur son visage. Comme si cette envie était pour lui une révélation. Elle fut submergée par une vague de désir qui balaya tous ses doutes. Elle aussi en avait envie…

— Je sors d'une relation, s'entendit-elle déclarer. En fait, j'étais fiancée jusqu'à très récemment. Je ne cherche rien. Je veux dire, rien de plus que…

Elle se mordit la lèvre, maudissant sa maladresse.

— Les relations ce n'est pas mon truc, lâcha-t-il avec une franchise bienvenue. Et les aventures d'une nuit non plus, en général.

« En général. » Elle sentit sa main remonter légèrement dans son dos et fut de nouveau parcourue de frissons.

— Moi non plus.

— Une parenthèse hors du temps, murmura-t-il en l'entraînant vers les portes vitrées qui donnaient sur le hall de l'hôtel. Rien de plus.

C'était de la folie ! À chaque pas, Hannah était tiraillée entre la raison qui lui intimait de faire marche arrière et l'excitation qui la poussait à avancer.

L'hôtel, considéré comme un des plus luxueux du monde, était à la hauteur de sa réputation. Entre le sol de marbre blanc, les colonnes dorées, l'énorme lustre de cristal suspendu au plafond vertigineux et le piano à queue sur lequel jouait un pianiste renommé, le hall offrait un décor digne d'un palace six étoiles. Alors qu'ils arrivaient devant les ascenseurs, un groom inclina la tête avec déférence.

— Bonsoir, monsieur, murmura-t-il en pressant le bouton d'appel d'une main gantée. Madame.

Quelque secondes plus tard l'ascenseur arriva, et Leonidas s'effaça pour la laisser passer. Elle entra dans la cabine, les jambes tremblantes. Était-elle vraiment en train de monter dans la chambre d'un inconnu ? Elle ferma les yeux et revit Angus au lit avec Michelle. Ses doutes s'évanouirent aussitôt. De toute façon elle était trop attirée par cet homme pour reculer. Mais il fallait reconnaître que la colère était un bon stimulant.

— Vous n'êtes plus fiancée ?

Au même instant l'ascenseur démarra, mais ce ne fut pas pour cette raison qu'elle sentit son estomac faire un petit bond.

— Non. Je l'ai quitté – et tout le monde avec lui. Je l'ai laissé loin derrière moi.

— Vous êtes en colère.

— Non.

Si. Et en même temps, non. Elle était… blessée. Perturbée. Déstabilisée. Et, si elle était en colère, c'était surtout contre elle-même. Pour avoir cru à la sincérité d'Angus.

Les portes de l'ascenseur s'ouvrirent directement sur un vaste salon. La suite *penthouse*, sans doute…

Ellc promena autour d'elle un regard ébloui. Quel endroit incroyable ! Aussi somptueux que le hall. Sol et murs crème, meubles scandinaves en bois massif, baies vitrées, miroirs. Une seule touche colorée, et quelle touche ! Un Picasso… Il y avait aussi des plantes, de grands figuiers lyres qui ajoutaient au raffinement du décor. Les baies vitrées ouvraient sur une terrasse d'où on apercevait Athènes, dont les lumières scintillaient au loin.

— C'est beau.

Leonidas acquiesça d'un signe de tête et se dirigea

vers la cuisine américaine pour prendre une bouteille de champagne dans le réfrigérateur. Après avoir servi deux flûtes, il demanda :

— Qu'est-ce qui vous amène à Chrysa Vrachia, Hannah ?

Elle frissonna. Entendre son prénom dans sa bouche avec cet accent caressant… C'était vraiment délicieux.

— Le besoin de changer. Et vous ?

Une ombre passa sur le visage de Leonidas.

— La routine. Je viens ici tous les ans.

— Pour quelle raison ?

Il ne répondit pas. Les flûtes à la main il traversa le salon pour la rejoindre et lui tendit la sienne comme à contrecœur. Comme si assumer la situation lui coûtait. Comme s'il devait faire des efforts pour accepter le fait d'être dans sa suite en tête à tête avec une inconnue… Pourquoi ? Et pourquoi la fixait-il avec une telle intensité ?

— L'habitude, lâcha-t-il sobrement avant de boire une gorgée de champagne.

Fascinée par le mouvement de sa pomme d'Adam, elle se mordit la lèvre. Il baissa les yeux sur sa bouche, et une chaleur de plus en plus familière l'envahit. Comment pouvait-elle éprouver un désir aussi intense pour un inconnu ? C'était insensé.

Dehors, une gerbe d'étincelles jaillit dans le ciel d'encre.

— Bonne année, dit-elle dans un souffle.

Bonne année ? Au comble de la perplexité, Leonidas regardait l'inconnue qu'il avait amenée dans sa suite. Que lui avait-il pris ? Depuis quatre ans, il venait ici pour rendre hommage à Amy. C'était un pèlerinage sacré. Depuis quatre ans il résistait à la tentation à chaque fois qu'une femme lui inspirait du désir. Il dédaignait tout ce qui pourrait le détourner de sa dette envers Amy. Il s'était juré de rester chaste tout le reste de sa vie. Fidèle à Amy. Mais ce soir, alors que le ciel s'embrasait derrière la baie vitrée, une énergie vitale, oubliée, s'emparait de lui, l'incitant à agir. Lui rappelant que le deuil et le désir pouvaient cohabiter. Qu'il pouvait coucher avec une femme sans trahir son épouse.

Il avait aimé Amy, même quand leur mariage avait connu des turbulences et qu'aucun d'eux n'était particulièrement heureux. Elle était son épouse. Il s'était engagé envers elle. Il avait juré de n'aimer qu'elle jusqu'à la fin de ses jours. La véritable trahison ne serait-elle pas d'aimer une autre femme ? Qu'est-ce que le sexe avait à voir avec l'amour ? Réprimer sa libido n'était pas une façon de payer sa dette envers Amy. C'était de l'autopunition. Il avait voulu se punir d'être le fils d'un criminel. D'avoir été imprudent, d'avoir cru qu'il pourrait tourner le dos à Dion Stathakis et vivre sa vie sans qu'elle soit mise en pièces par le mal que son père répandait partout.

Il avait voulu se punir parce qu'il méritait de souffrir, d'être torturé par le manque. Mais il y avait chez Hannah quelque chose qui le faisait fléchir. Il ne croyait pas aux anges ni aux fantômes, il ne croyait pas aux contes de fées ni aux mythes, et pourtant il avait l'impression étrange qu'elle lui avait été envoyée. Comme un baume pour son âme meurtrie, le temps d'une nuit, avant qu'il retourne demain à sa haine de lui-même. À la lumière du jour, au début d'une nouvelle année, il reprendrait son existence troublée. Mais cette nuit, il pouvait se permettre d'oublier.

Avec détermination, il prit sa flûte à Hannah et la posa sur la table basse avec la sienne.

— Bonne année.

Se penchant vers elle, il s'empara de sa bouche et savoura l'ardeur de sa réponse.

Juste pour cette nuit, il allait s'abandonner. Et demain, tout redeviendrait normal.

2.

S'attendait-elle à ce qu'il l'embrasse doucement, lentement ? Elle ne savait pas trop. En tout cas, il n'y avait rien de doux dans ce baiser, rien de lent. C'était un baiser ardent. Hannah s'agrippa à la chemise de Leonidas, et il approfondit encore son baiser en la serrant étroitement contre lui.

— Juste cette nuit, murmura-t-il contre sa bouche en la soulevant de terre.

Il s'assit sur le canapé, l'installa à califourchon sur ses genoux et releva sa robe. Lorsque ses doigts rencontrèrent le coton de sa culotte, il laissa échapper un grognement de frustration qui l'électrisa. C'était exactement ce dont elle avait envie. Une aventure sans lendemain. Elle voulait perdre sa virginité. Ça semblait si ridicule d'avoir vingt-trois ans et de tout ignorer du sexe… En revanche, l'idée d'avoir une relation la révulsait. Elle n'aurait jamais plus confiance en aucun homme. Elle ne croirait plus jamais à l'amour. Et elle ne serait plus jamais assez stupide pour imaginer qu'on pouvait l'aimer. Mais une aventure purement sexuelle ? Oui !

Elle pencha la tête en arrière pour l'aider à lui enlever sa robe et se retrouva en dessous. Sans la moindre gêne. Que cet homme rencontré depuis moins d'une heure la voie en culotte et en soutien-gorge ne l'embarrassait pas le moins du monde. Cet abandon total avait quelque chose de libérateur.

L'esprit de Hannah se vida soudain de toute pensée

cohérente. Après avoir dégrafé son soutien-gorge, Leonidas venait de se pencher sur un sein pour tracer du bout de la langue le contour de sa pointe hérissée. Lorsqu'il aspira celle-ci entre ses lèvres, elle laissa échapper un cri étranglé.

Il changea de sein tout en glissant les doigts sous l'élastique de sa culotte. Il effleura son sexe, lui arrachant un gémissement. Puis il approfondit ses caresses, achevant de l'enflammer tout entière.

— Comme tu es excitée…

Oui… Si excitée qu'elle en tremblait de tout son corps. Son excitation s'accrut encore quand il fit glisser sa culotte sur ses hanches. Elle n'avait pas d'expérience, mais son instinct la guidait. Un instinct aiguisé par le désir brûlant qui la dévorait. Elle quitta les genoux de Leonidas et finit d'enlever elle-même sa culotte. Entièrement nue devant un homme pour la première fois de sa vie, elle lui tendit la main avec le plus grand naturel. C'était comme si une sorte de folie s'était emparée d'elle. Il se leva et la serra contre lui.

— Qui es-tu ? murmura-t-il contre ses lèvres.

— Hannah.

Il laissa échapper un petit rire rauque.

— Oui. Mais quel genre de sirène ou de fée es-tu pour venir ici et me rendre fou ?

Il captura sa bouche dans un baiser passionné, qu'elle lui rendit avec fougue.

— Leonidas…

Il referma les mains sur ses fesses et la souleva contre lui. Elle noua les jambes sur ses reins tandis qu'il la portait à travers la suite, jusqu'à une chambre immense. Il la reposa sur ses pieds sans prendre la peine d'allumer la lumière, le feu d'artifice trouant la pénombre par intermittence. Elle commença à déboutonner sa chemise avec une telle fébrilité qu'un bouton vola à travers la pièce. Devant son air contrit, il secoua la tête.

— Ne t'inquiète pas, dit-il en ouvrant les derniers boutons avant de se débarrasser du vêtement.

Fascinée par son torse musclé, elle promena les mains dessus.

— Tu fais beaucoup de sport ?

Elle ne vit pas le sourire qui étira furtivement les lèvres de Leonidas. Et même si elle l'avait vu elle n'aurait pas su à quel point ce sourire était exceptionnel. Ses mains atteignirent la ceinture de son pantalon. Elle l'ouvrit en plongeant le regard dans le sien. Malgré son inexpérience elle n'éprouvait aucune appréhension. Pas la moindre nervosité. Rien d'autre qu'un désir irrépressible qui lui donnait l'impression d'être une pile électrique.

— J'ai envie de toi, dit-elle, émerveillée.

Ça n'avait rien à voir avec une quelconque soif de vengeance. Rien à voir avec Angus. Elle n'avait rien ni personne à l'esprit quand elle se hissa sur la pointe des pieds pour embrasser Leonidas. Il répondit à son baiser avec fougue avant de murmurer contre ses lèvres :

— Je ne veux pas aller trop vite.

Enfonçant les doigts dans ses cheveux il les enroula autour de sa main et la contempla un instant d'un air étrange. Puis il la poussa doucement sur le lit, où il la rejoignit après avoir fini de se déshabiller avec fébrilité.

— J'ai envie de toi, répéta-t-elle plus pour elle-même que pour lui. Ne va pas trop lentement.

Il la contempla de nouveau pendant un instant. Ses yeux exprimaient une foule d'émotions qu'elle ne parvenait pas à identifier. Mais peut-être était-ce à cause du désir qui lui embrumait l'esprit.

— Tu ne sais pas…, commença-t-il.

La suite fut étouffée par le baiser fiévreux qu'elle lui donna. Elle en avait assez d'être patiente. Elle en avait assez d'attendre.

— S'il te plaît… Fais-moi l'amour.

Il prit place entre ses cuisses, et elle retint son souffle. Peut-être devrait-elle le prévenir… Elle n'en eut pas le temps. Il s'enfonça en elle d'un mouvement puissant, lui arrachant un cri aigu. Il s'immobilisa aussitôt.

— *Theos*, Hannah, est-ce que… tu es… ?

— Ne t'arrête pas, coupa-t-elle en secouant la tête.

Mais il se retirait déjà d'elle.

— Non, ne t'arrête pas. S'il te plaît…

Elle sentit sa gorge se nouer. Jusqu'à cet instant elle n'avait pas réellement compris à quel point elle avait besoin de se sentir désirable. Quand Leonidas se leva avec un juron étouffé, elle faillit pleurer. Il se dirigea vers un meuble, ouvrit un tiroir et en sortit un petit étui carré. Un immense soulagement la submergea, et elle le regarda enfiler le préservatif, le cœur battant.

— Tu aurais dû me prévenir, commenta-t-il en la rejoignant.

Sa voix était douce, sans la moindre note de réprobation.

— Je ne savais pas quoi dire.

— « Je suis vierge », par exemple ?

Elle pouffa.

— *J'étais* vierge.

— Tu es sûre que tu veux continuer ?

Elle lui prit le visage à deux mains.

— S'il te plaît.

Il crispa la mâchoire.

— J'étais sérieux, Hannah. Une seule nuit. Rien de plus.

— Je sais.

Vu le désastre de ses fiançailles, la dernière chose dont elle avait besoin c'était d'une relation durable…

Visiblement rassuré Leonidas s'enfonça de nouveau dans le cœur de sa féminité, mais cette fois avec une douceur infinie tout en l'embrassant langoureusement. Sa bouche quitta la sienne pour descendre jusqu'à la base de son cou tandis qu'il commençait à aller et venir en elle tout en la couvrant de caresses. C'était le paradis. Des sensations inconnues montaient du plus profond d'elle. Les ongles enfoncés dans le dos de Leonidas elle creusa les reins en gémissant, impatiente d'atteindre un plaisir qu'elle pressentait prodigieux. La vague qui la submergea lui coupa le souffle. Les mains de Leonidas se refermèrent sur ses hanches, rassurantes, tandis qu'elle s'abandonnait au cyclone de la jouissance. Lorsqu'elle retrouva la force d'ouvrir les paupières, elle rencontra le regard de Leonidas. Sans la quitter des yeux il posa les mains de chaque côté de son visage et recommença à aller et venir en elle, l'emportant dans un nouveau tourbillon de volupté qui lui donna soudain envie de pleurer. Mais elle retint ses larmes. Elle avait beau être ivre de plaisir, son instinct l'incitait à ne pas révéler à quel point elle était bouleversée. Pour la première fois de sa vie, elle ressentait le pouvoir de sa féminité.

Angus lui avait donné le sentiment d'être précieuse et estimée. Un peu comme un objet d'art. C'était agréable. Bien plus agréable que d'avoir conscience d'être indésirable, comme pendant la majeure partie de son enfance à partir du moment où elle avait perdu ses parents. Cependant, il ne l'avait jamais regardée comme si elle lui faisait perdre la tête. Comme s'il était fou de désir pour elle. Ce qui semblait être le cas de Leonidas. Il lui faisait l'amour en la regardant dans les yeux, et elle sentait qu'il était en proie à une foule d'émotions. Lesquelles ? Se poser cette question était inutile parce qu'ils n'étaient ensemble que pour une nuit. Juste une nuit. Une parenthèse fugace.

Assis au bord du lit, la tête entre les mains, Leonidas fixait le sol entre ses pieds. L'aube commençait à blanchir le ciel derrière la baie vitrée. Seule la respiration régulière de Hannah troublait le silence, douce et mélodieuse. Mélodieuse ? Comment une respiration pouvait-elle être mélodieuse ? Il se tourna vers elle en réprimant un soupir.

Il ne savait pas comment, mais c'était un fait. Hannah était adorable, et sa respiration était mélodieuse. Dire qu'elle était vierge… Réprimant un juron, il se leva et enfila son pantalon en la contemplant avec incrédulité. Quelle folie s'était emparée de lui ? Quatre ans de chasteté volontaire, et il s'était embrasé dès l'instant où elle lui était littéralement rentrée dedans ? Et ce n'était pas à cause de sa chevelure flamboyante ni de sa vague ressemblance avec Amy. Détail qui aurait dû le faire fuir au contraire. Non, c'était autre chose. Sans doute un état de manque assez naturel après une aussi longue période de privation. Mais, *Theos*, une vierge ?

Il n'avait pas voulu ça ! Il avait juste eu envie de coucher brièvement avec une femme pour satisfaire un besoin primitif, oublier son chagrin et se rappeler qu'il était un homme, vivant, avec du sang dans les veines. Toujours aussi incrédule, il regarda Hannah qui souriait dans son sommeil. Pour elle il resterait à tout jamais le premier. Quoi qu'il arrive. Quels que soient ses prochains amants. Ça n'avait rien d'anodin. Malgré son inexpérience, elle avait fait preuve d'une sensualité débridée. Dans ses réactions comme dans ses initiatives… Des souvenirs très précis arrachèrent un grognement étouffé à Leonidas. Hannah changea de position, et le drap glissa, révélant ses seins ronds et fermes. Submergé par une vague de désir, il s'écarta du lit. Cette nuit était une aberration. Une erreur. Il fallait qu'il s'en aille. Qu'il oublie cette nuit. En espérant qu'elle en ferait autant.

Hannah se réveilla pleine de courbatures délicieuses et roula sur le côté. La lumière du matin baignait d'or les couleurs vives du Cavalcanti accroché au mur, face au lit. Splendide, mais ce n'était pas ce qu'elle avait envie de contempler. Elle se retourna. Le lit était vide. Elle tâta les draps. Ils étaient froids. Son estomac gargouilla, et elle s'assit en étouffant un bâillement du dos de la main. Quand avaient-ils fini par s'endormir ? Elle n'en avait aucune idée… Sourire aux lèvres elle se leva et s'enveloppa dans le drap avant de quitter la chambre.

— Leonidas ?

La baie vitrée donnant sur la terrasse était ouverte. Elle la franchit, momentanément éblouie par la vue. Il n'était pas dehors non plus. Le front plissé, elle pivota sur les talons pour regagner le salon. Ce fut à cet instant qu'elle le vit. Un mot. Sur du papier à en-tête de l'hôtel… Mais, en plus du logo de l'hôtel, un nom imprimé en relief figurait sur la feuille. « Leonidas Stathakis. »

Leonidas Stathakis ? Comme tout le monde elle avait entendu parler des frères Stathakis, mais elle ne savait pas grand-chose d'eux, à part qu'ils faisaient partie des plus grosses fortunes mondiales. Elle effleura du bout du doigt les lettres en relief en fermant les yeux et en se remémorant les yeux noirs de Leonidas plongés dans les siens pendant qu'ils faisaient l'amour. Comme s'il voyait au fond de son âme. Il avait dû lui laisser ce mot pour lui expliquer qu'il était allé faire une course, ou de l'exercice – on n'était pas aussi musclé sans s'entraîner —, ou quelque chose dans le genre. Le cœur battant, elle commença à lire.

Hannah,

Cette nuit était une erreur. S'il te plaît oublie ce qui s'est passé. Tu peux disposer de la suite aussi longtemps que tu le souhaites.

Leonidas

Elle lut et relut ces quelques lignes au moins une dizaine de fois. Puis elle appuya sur le bouton de la machine à expresso avec des doigts tremblants. « Cette nuit était une erreur. » Parce qu'elle n'avait pas été à la hauteur ?

Le plaisir qu'elle avait éprouvé n'aurait pas été partagé ? Était-ce possible ? Avait-elle déçu Leonidas ? Elle fut submergée par une souffrance mêlée d'incrédulité.

Presque toute sa vie elle avait rêvé de venir à Chrysa Vrachia. À présent elle n'avait plus qu'une envie. Partir.

3.

Une semaine après avoir quitté l'île, Leonidas se réveilla en sursaut, trempé de sueur. Le cœur battant à tout rompre, il promena le regard sur la chambre d'hôtel.

Hannah.

Il avait rêvé de Hannah, la femme qu'il avait rencontrée à Chrysa Vrachia. Il avait rêvé qu'il lui faisait l'amour. Taraudé par un désir implacable, il laissa retomber la tête sur l'oreiller avec un grognement de frustration. Il ferma les yeux en se forçant à respirer lentement, à se calmer. À évoquer le souvenir de sa femme.

Il eut la nausée. Jamais il n'oublierait Amy. Et pourtant, pendant quelques instants, quand il s'était abandonné au plus profond de Hannah après l'avoir déflorée, il s'était senti…

Il s'était senti lui-même.

Pour la première fois depuis des années, il avait eu l'impression d'être libéré de cette malédiction, de ce remords, de cette souffrance permanente.

Il s'était perdu en Hannah et, pendant quelques instants, il avait perdu son chagrin.

Jurant à mi-voix il repoussa le drap, incapable de maîtriser les battements effrénés de son cœur. Il gagna la cuisine de sa suite *penthouse* de Hong Kong et appuya sur le bouton de la machine à expresso.

Il attendit que son café soit prêt, en proie à une sourde angoisse. Pourquoi avait-il le pressentiment d'un désastre imminent ?

— Tu veux que je lui parle ?

Leonidas devait faire des efforts pour prendre un ton à peu près normal. Mais depuis qu'il avait quitté Chrysa Vrachia, un mois plus tôt, il était dans un état de nervosité grandissante. Parce qu'il se sentait coupable, bien sûr. D'avoir trahi ses engagements envers Amy. D'avoir rompu le serment qu'il s'était fait de ne plus jamais coucher avec une femme.

La limousine roulait dans les rues de Rome.

— Oui bien sûr, ce serait encore mieux, ironisa Thanos, le frère cadet de Leonidas, en secouant la tête. Dès qu'il te verra, Kosta Carinedes aura l'impression d'être en face de papa. Désolé.

Leonidas réprima un soupir. Oui, il ressemblait à Dion. Impossible de le nier.

— Alors comment comptes-tu le convaincre de vendre ?

— Il veut vendre, murmura Thanos en lançant un regard appréciateur par la vitre alors que la limousine ralentissait à un carrefour, puis s'immobilisait à la hauteur d'un groupe de femmes séduisantes, en short et en débardeur. Mais pas à nous.

— À cause de Dion ?

— À cause de notre nom, admit Thanos. Et parce que je suis, je cite, « un célibataire fou de sexe ».

Leonidas ne put s'empêcher de pouffer malgré la tension qui l'habitait depuis des semaines.

— Il faut reconnaître qu'il t'a bien cerné.

Thanos eut un large sourire.

— Je ne vois pas ce qu'il y a de mal à être fou de sexe. Tout le monde ne peut pas mener une vie de saint comme toi.

Leonidas eut l'impression de recevoir un coup de poing dans l'estomac. Il n'avait rien d'un saint, mais pas question de révéler son faux pas à son frère.

— Propose-lui plus d'argent, suggéra-t-il.

— Ce n'est pas une question d'argent. Cette entreprise, il l'a héritée de ses grands-parents. Elle a été créée avec « amour », comme il dit. Il ne veut pas la vendre à quelqu'un qui fait constamment la une des journaux pour de mauvaises raisons.

Leonidas haussa les épaules.

— Dans ce cas, laisse tomber.

— Tu plaisantes, j'espère ! Je t'ai expliqué ce que cette entreprise représente pour moi. Et qui d'autre veut l'acheter !

— Oui. Luca Montano. Et je sais que vous vous détestez cordialement, tous les deux. Mais ce n'est qu'une entreprise. Laisse-la-lui, achète la concurrence et conduis-le à la faillite. Beaucoup plus satisfaisant.

— Ça pourrait être la solution. Mais je n'ai pas encore dit mon dernier mot.

— Que peux-tu faire d'autre ? Je suis désolé d'insister lourdement, mais Kosta a raison. Tu es un homme à femmes, Thanos.

— Et fier de l'être, commenta Thanos en riant. Tu pourrais en profiter. Qu'en dis-tu ? J'ai des tas de maîtresses qui te plairaient. Pourquoi n'en appellerais-tu pas une ? Pour l'inviter à dîner, puis la ramener chez toi…

Leonidas détourna les yeux vers la vitre, derrière laquelle Rome défilait dans la lumière incertaine du crépuscule. Il pensa à Hannah et fut assailli par une bouffée de désir qui le hérissa.

— Non.

— Tu ne peux pas continuer comme ça jusqu'à la fin de ta vie, insista Thanos, soudain très sérieux.

Peu de gens pouvaient se permettre de parler franchement au grand Leonidas Stathakis. Thanos en faisait partie, depuis toujours. Ensemble ils avaient fait face aux conséquences désastreuses du parcours criminel et judiciaire de leur père sur la fortune et le nom des Stathakis.

Ensemble ils avaient rebâti la fortune familiale en l'accroissant considérablement. Ils étaient demi-frères avec seulement trois mois d'écart et avaient pour ainsi dire été élevés comme des jumeaux, Thanos ayant été abandonné sur le seuil de la maison par sa mère quand il avait huit ans.

Leonidas comprenait Thanos mieux que personne et vice versa. Il savait à quel point il avait été affecté par l'abandon de sa mère.

La limousine s'arrêta. Des centaines de fans très bruyants attendaient à proximité du tapis rouge, dans l'espoir d'apercevoir les stars de Hollywood qui avaient joué dans le film à la première duquel Leonidas et Thanos devaient assister.

— Je sais qu'Amy te manque, reprit Thanos après un silence. Ce qui leur est arrivé, à elle et à Brax… Tu crois que je ne sens pas à quel point tu souffres ? Tu crois que je n'aimerais pas pouvoir m'introduire dans la cellule de notre père et l'étrangler de mes propres mains pour ce qu'il t'a fait subir ? Mais, Leonidas, continuer à vivre à moitié n'arrangera rien. Tu crois que c'est ce qu'Amy aurait souhaité pour toi ?

Leonidas ferma les yeux, submergé par un dégoût de lui-même insurmontable.

— Arrête.

Il secoua la tête.

— Ne me parle pas de ce qu'Amy aurait souhaité.

Mais Thanos ne se laissa pas décourager.

— Elle t'aimait. Elle voudrait que tu vives comme avant. Que tu sois heureux.

— Tu trouves que je le mérite ?

— Ce sont les crimes de notre père qui l'ont tuée, pas les tiens.

— Mais si elle ne m'avait pas rencontré…

Leonidas ne termina pas sa phrase. C'était inutile. Thanos savait. Il comprenait.

— Ça fait quatre ans, insista Thanos d'une voix douce. Tu les as pleurés et honorés tous les deux. Il est temps de tourner la page.

Leonidas secoua la tête. Son pèlerinage à Chrysa Vrachia lui avait appris une chose et une seule. Il ne serait jamais temps. Il n'avait pas été à la hauteur de la situation pendant son mariage avec Amy, à bien des égards. Il avait bien l'intention de l'être aujourd'hui.

— Thon, s'il vous plaît, demanda Hannah en examinant le choix de plats proposés avec un léger dégoût, malgré les présentations appétissantes.

Depuis qu'elle était arrivée à Londres quatre mois plus tôt et qu'elle avait été engagée pour remplacer la secrétaire d'un avocat réputé en congé de maternité, elle achetait son déjeuner chez ce traiteur presque tous les jours.

Son patron aimait les sandwichs au poulet et elle ceux au thon. Après avoir fait la queue, elle regagna le bureau aussi vite qu'elle le put. En attendant l'ascenseur elle étouffa un bâillement et but une gorgée de café crème. Elle eut un haut-le-cœur. Le lait avait un goût bizarre…

— Super.

Elle jeta son gobelet dans une poubelle en soupirant. Il ne manquait plus que ça. Du lait tourné.

Mais quand elle arriva à son bureau et s'apprêta à manger son sandwich elle eut l'impression étrange qu'elle était sur le point de vomir. Elle mordit dans son sandwich et se leva aussitôt pour se précipiter aux toilettes. Elle arriva juste à temps. Ce fut lorsqu'elle commença à se demander si elle était victime d'un virus ou d'une intoxication alimentaire que des dates s'insinuèrent dans son esprit. Elle fixa le mur carrelé avec effroi.

Non.

Elle ne pouvait pas être enceinte. Sa main se posa sur son ventre. Il était encore plat. Sauf que ce week-end elle avait trouvé que son jean la serrait. Elle avait mis ça sur le compte de son travail sédentaire.

Et si c'était autre chose que quelques kilos en trop ? Et si elle était enceinte de Leonidas Stathakis ? Elle ouvrit le robinet d'eau froide en se regardant dans le miroir.

Non, ce n'était sûrement pas ça. C'étaient juste des coïncidences. Elle avait attrapé un virus et, si elle avait pris quelques kilos, c'était bien parce qu'elle était enchaînée à un bureau douze heures par jour. Ce qui expliquerait également cette fatigue qui l'écrasait depuis quelque temps.

Pas de quoi s'inquiéter.

Malgré tout, quand elle quitta le bureau dans la soirée, toujours barbouillée, Hannah se rendit dans une pharmacie de Earl's Court, où elle louait une chambre dans un appartement. Elle allait faire un test de grossesse. Juste par précaution.

Une fois dans sa salle de bains elle ouvrit la boîte, lut les instructions et les suivit à la lettre. Elle n'eut pas besoin de d'attendre deux minutes. Il fallut moins de vingt secondes avant qu'apparaisse une deuxième ligne.

Une ligne rose vif, indiquant qu'elle était bien enceinte.

De Leonidas Stathakis.

Elle s'assit sur le couvercle de la cuvette, posa la main sur son ventre et ferma les yeux. L'image qui hantait ses rêves depuis des mois s'imposa à elle. Il était nu tout contre elle. Son visage si près du sien qu'elle sentait son parfum. Sauf que c'était un fantôme. Un mirage.

Plus pour très longtemps.

« Cette nuit était une erreur. » Elle avait déchiré son message en mille morceaux qu'elle avait laissés sur le comptoir de la cuisine de la suite, mais ses mots restaient gravés dans sa mémoire.

Or, bien qu'il ait regretté d'avoir passé la nuit avec elle et qu'il n'ait pas eu la délicatesse de le lui dire en face, elle allait être obligée de le revoir. Elle n'avait pas le choix. Il fallait qu'elle lui dise la vérité.

Elle le ferait… quand elle serait prête.

Elle vérifia le nom inscrit sur le papier qu'elle tenait à la main, puis elle promena le regard autour d'elle. C'était la Semaine de la voile Rolex Capri, ou quelque chose comme ça, et la marina était en ébullition. D'énormes bateaux – qu'on appelait des superyachts, lui avait-on dit – étaient alignés dans le soleil de fin d'après-midi, à la fois gracieux et imposants.

Ses recherches sur Internet lui avaient appris que Stathakis Corporation possédait un bateau qui participait à l'événement. Elle savait également que Leonidas et son frère y venaient tous les ans, à bord de leur propre « superyacht ». Elle avait vu des photos d'un Leonidas bronzé se détendant sur le pont tout en observant la course. Elle avait détourné les yeux aussitôt. Elle n'avait pas besoin de le revoir. Pas comme ça, en tout cas. Ça allait être rapide. Comme quand on enlevait un sparadrap. Elle allait lui annoncer qu'elle était enceinte. Non que ce soit vraiment nécessaire. À plus de cinq mois, sa grossesse était visible.

La tentation de se contenter d'un coup de téléphone avait été forte. Après tout, il s'était bien contenté de lui laisser un mot… Mais ce serait lâche et ça ne lui ressemblait pas. Ils allaient avoir un enfant. Ils ne pouvaient ni l'un ni l'autre ignorer les conséquences de leur rencontre. Au moins, elle savait déjà qu'il regrettait ce qui s'était passé entre eux et qu'il l'avait traitée avec le plus profond mépris. Dire qu'il s'était éclipsé au milieu de la nuit en lui laissant un mot ! Elle ne lui avait pourtant rien demandé. Ils étaient d'accord tous les deux pour limiter leur aventure à une seule nuit. Qu'il ait choisi de disparaître sans même daigner lui dire au revoir était mortifiant.

C'était avec cet homme qu'elle allait avoir un enfant. Elle ne devait pas l'oublier.

Le yacht Stathakis était le plus gros de la marina, et il y avait une fête à bord. La musique était forte et le pont plein d'invités en tenue légère. Des serveurs en chemise blanche circulaient parmi la foule avec des plateaux de flûtes de champagne.

Hannah passa la main sur son front humide de sueur. Le soleil était encore chaud, et elle avait voyagé toute la journée. Par ailleurs, la fatigue du premier trimestre de grossesse ne s'atténuait pas au cours du deuxième. Alors qu'elle s'approchait du bateau, un des gardes postés de chaque côté de la passerelle s'adressa à elle en italien. Devant son air interloqué, il passa au grec, puis à l'anglais.

— Puis-je vous aider, mademoiselle ?

— Il faut que je voie Leonidas Stathakis. C'est important.

Comme elle s'y attendait, il resta impassible.

— C'est une fête privée.

— Si vous lui donnez mon nom, je suis sûre qu'il acceptera de me voir.

— Et quel est votre nom ? demanda-t-il d'un air sceptique.

— Hannah. Hannah May.

Le garde dit quelques mots dans son talkie-walkie, puis il le rangea dans son étui.

— Vous pouvez monter.

— Merci.

Elle déglutit péniblement. Peut-être vaudrait-il mieux faire demi-tour. Retourner à Londres ou même en Australie. Partir loin d'ici. Lui transmettre l'information par téléphone. Ou pas du tout. Elle ne savait plus. Une seule chose était certaine. La perspective de se retrouver en face de Leonidas était glaçante.

Elle avoir une nausée.

— Mademoiselle ? Ça va ?

Oui, mais elle avait parcouru tout ce chemin… Elle avait réfléchi pendant des semaines à la meilleure façon de lui annoncer la nouvelle. Il fallait qu'elle lui parle.

— Ça va aller.

Pas le choix. Elle avait juste hâte d'en finir. Le plus tôt serait le mieux. Elle indiqua la passerelle.

— Par ici ?

— Et ensuite à gauche.

Elle eut un sourire crispé. L'idée de se frayer un chemin parmi tous ces gens n'avait vraiment rien de réjouissant…

— Merci.

En haut de la passerelle, un autre garde décrocha le cordon qui fermait l'accès au pont. Le bruit était assourdissant. Elle inspira profondément et resta clouée sur place en reconnaissant au moins une dizaine de stars de

Hollywood parmi la foule qui déambulait sur le pont en maillot de bain. Des hommes et des femmes, incroyablement bronzés, minces et musclés, avec des dents d'une blancheur étincelante et des yeux immenses.

Cet univers était si éloigné du sien… Ces gens étaient les amis de Leonidas ?

Il y eut un grand bruit, un éclat de rire, puis un gros plouf. Elle tourna la tête et vit un homme superbe debout au bord de la piscine, un large sourire aux lèvres. Elle l'avait vu sur quelques photos quand elle cherchait sur Internet un moyen de prendre contact avec Leonidas.

Thanos Stathakis, le prince des play-boys d'Europe, l'image même de l'insouciance, entouré d'une douzaine de femmes visiblement en concurrence pour une place dans son lit. L'estomac noué, elle commença à avancer parmi la foule.

Elle n'était pas à sa place ici. Elle n'avait aucune envie d'être ici. Elle avait juste besoin de parler à Leonidas pour pouvoir partir au plus vite.

— Mademoiselle May ?

Une femme, membre de l'équipage à en juger par son uniforme, s'approcha d'elle avec un sourire professionnel.

— Par ici, s'il vous plaît.

Hannah lui emboîta le pas et faillit trébucher lorsqu'elles furent dépassées par un chanteur titulaire d'un Grammy Award riant bras dessus bras dessous avec la reine incontestée du talk-show.

Elle les suivit des yeux, l'estomac de plus en plus noué. À chaque minute elle avait un peu plus le sentiment d'être un poisson hors de l'eau. La femme membre de l'équipage ouvrit une porte sur une pièce offrant un calme et un isolement qui la soulagèrent un peu.

— Voulez-vous boire quelque chose, mademoiselle ?

Elle secoua la tête.

— Non, merci.

Une fois seule elle promena le regard autour d'elle, impressionnée par le luxe du décor à dominante de blanc et de beige. Mobilier haut de gamme, une télévision de la taille de son lit accrochée au mur, et derrière la cloison vitrée une immense chambre équipée d'un spa.

La chambre de Leonidas.

Le cœur battant elle se dirigea vers la porte et l'ouvrit. Oui. C'était sûrement sa chambre. Ce parfum imperceptible qui flottait dans l'air, elle le reconnaissait… Parcourue d'un frisson, elle recula précipitamment dans le salon.

Du calme. Elle prit une profonde inspiration. Pas question de se défiler. Elle allait lui annoncer la nouvelle et s'en aller. Lui laisser le temps de la digérer et de réfléchir à ce qu'il souhaitait. Il n'y en avait que pour quelques minutes. Elle attendit. Plus le temps passait, plus sa nervosité s'intensifiait. Cinq minutes plus tard, elle était au bord du malaise. Elle était sur le point de partir à la recherche de Leonidas lorsque la porte s'ouvrit et qu'il entra dans la pièce, en maillot de bain et l'air visiblement contrarié par sa visite. Il faisait la fête.

Et il était sans doute aussi convoité que son frère. Elle fut assaillie par une bouffée de jalousie. Non, se dit-elle aussitôt. Ce n'était pas de la jalousie mais de l'indignation. Pendant qu'elle se tourmentait à propos du bébé qu'ils allaient avoir, il avait repris sa vie normale comme s'il ne s'était jamais rien passé entre eux. Si elle avait caressé le moindre espoir qu'il serait content de la voir, celui-ci s'évanouit instantanément.

— Hannah.

Il promena le regard sur elle et se figea, les yeux fixés sur son ventre. Il avait l'air si atterré qu'elle aurait presque pu éprouver une certaine compassion pour lui si elle n'avait pas été elle-même en proie à une grande anxiété.

— Oui.

Elle répondit à la question implicite d'une voix légèrement tremblante.

— Je suis enceinte. Et tu es le père.

4.

Les yeux de Leonidas se fermèrent. Comme s'il pouvait effacer cette rencontre. Comme s'il espérait qu'elle ne serait plus là quand il les rouvrirait. Ce fut seulement à cet instant qu'une évidence s'imposa à Hannah. Elle n'avait pas pu s'empêcher d'espérer qu'il réagirait bien à cette nouvelle. Même s'ils n'avaient voulu ça ni l'un ni l'autre, un bébé était une cause de réjouissance, non ? Apparemment, non.

Lorsqu'il rouvrit les yeux, elle lut dans son regard du rejet et de la panique.

— Non. Ce n'est pas possible.

Il fallait être compréhensive, se dit-elle. Elle avait eu le temps de se faire à cette idée, alors que de son côté il venait d'apprendre la nouvelle.

— Vraiment ? dit-elle en posant la main sur son ventre pour souligner l'évidence.

Il jura en grec. Puis il se dirigea vers le bar pour prendre deux bouteilles d'eau minérale. Il la rejoignit pour lui en tendre une, et elle la prit machinalement. Mais elle était très près de lui, tout à coup… Les cinq derniers mois s'effacèrent. Tout s'effaça, à part ce désir qui l'avait embrasée la nuit de la Saint-Sylvestre. Le souffle coupé elle resta clouée sur place, incapable de détacher le regard du sien. Ce fut une réaction viscérale, instantanée, qui l'ébranla jusqu'au plus profond d'elle-même. Mais, peu à peu sous ses yeux, l'effarement de Leonidas laissa place à la compréhension. Hochant lentement la tête, il s'écarta d'elle et se détourna pour regarder la mer.

— Comment te sens-tu ?

Elle resta un instant sans voix, surprise par ce changement subit d'attitude.

— Pas trop mal.

Elle ouvrit la bouteille et but une gorgée d'eau avec gratitude.

— Je suis fatiguée, mais sinon ça va.

— Connais-tu son sexe ?

Elle hocha la tête, mais il ne la regardait pas.

— Oui.

Elle fouilla dans son sac et en sortit un cliché de l'échographie avec des doigts légèrement tremblants.

— Tiens.

Il se retourna lentement, la mine sombre. Il jeta un coup d'œil au cliché, mais ne chercha pas à s'en saisir.

— C'est une fille.

Il ne prit toujours pas le cliché, mais ses yeux se fermèrent. Comme s'il refusait ce fait. Comme si ce n'était pas ce qu'il voulait. Elle fut profondément blessée, mais elle n'eut pas le temps de réagir. Il lui lança une autre question.

— Quand l'as-tu découvert ?

Elle déglutit péniblement.

— Il y a un certain temps.

— Quand ?

Elle éprouva une pointe de remords, mais elle se raisonna aussitôt. Elle n'avait rien fait de mal.

— Je le sais depuis quelques semaines.

Il la fixa d'un air dur pendant un moment.

— Tu n'as pas estimé que je méritais d'être informé aussitôt ?

Elle secoua la tête.

— Tu n'as pas estimé que je méritais mieux qu'un mot minable ?

Il se figea, et le bruit de la fête parut envahir la pièce. Dardant sur lui un regard noir, elle attendit sa réponse. Elle ne tarda pas à venir.

— C'était une façon de prendre ta revanche ? Une mesure de représailles ?

— Quoi ? Non, pas du tout. Ça n'a rien à voir. Je voulais juste avoir un peu de temps pour m'habituer à cette idée avant de te parler.

— Et ça y est, tu y es habituée ?

Elle laissa échapper un petit rire sans joie.

— Je ne suis pas sûre que j'y serai jamais habituée. Je ne veux rien de toi, Leonidas, ajouta-t-elle d'un ton ferme. Cette nuit-là je ne savais pas du tout qui tu étais, ni que tu valais des millions de dollars. Je n'ai pas l'intention de te réclamer le moindre soutien financier.

À cette idée, elle frissonna de dégoût.

— Je suis sincère. Ce n'est pas une façon détournée de te demander de l'aide. Je n'en veux pas.

— Alors que veux-tu ? demanda-t-il d'une voix rauque.

Elle se mordit la lèvre, puis s'interrompit aussitôt quand il s'approcha d'elle, les yeux fixés sur sa bouche. Comme s'il était irrésistiblement attiré par elle.

— Je veux… que tu acceptes de faire partie de sa vie.

Sa propre enfance était comme un trou noir dans lequel elle s'était engloutie. Elle était prête à faire tout son possible pour que sa fille ne connaisse pas la même souffrance. Mais Leonidas la regardait sans rien dire…

— Qu'il n'y ait pas de malentendu, reprit-elle. Je serais ravie de ne jamais te revoir. Mais notre fille mérite de connaître ses deux parents.

Machinalement, elle se mit à jouer avec la chaîne qu'elle portait autour du cou. Elle avait besoin de savoir que leur fille aurait deux parents qui l'aimeraient. Que s'il arrivait quelque chose à l'un d'entre eux elle pourrait compter sur l'autre.

— Je suis consciente que cette nouvelle est encore plus perturbante pour toi qu'elle ne l'a été pour moi. Je sais que tu ne voulais pas de ça. Tu as été très clair.

Se raclant la gorge, elle passa devant lui pour se diriger vers la baie vitrée et regarder la mer.

— Mais nous allons avoir un enfant, et je ne veux pas qu'elle grandisse avec l'idée qu'elle est indésirable.

Sa voix se brisa légèrement, et elle ferma les yeux en inspirant profondément.

— Tu veux que j'occupe une place dans la vie de notre fille ?

— Oui, répondit-elle en se retournant.

À sa grande surprise, Leonidas était juste derrière elle. Les yeux fixés sur elle, le visage indéchiffrable.

— Et quel genre de place ?

Elle le regarda sans comprendre.

— Que je la voie une fois par an ? À Noël, peut-être ? Ou bien aussi pour son anniversaire ? Tu envisages que le temps que je passerai avec elle soit chronométré ?

Elle ouvrit de grands yeux.

— Je ne comprends pas…

— Non, coupa-t-il d'un ton sec.

Il était en colère ?

— Je ne serai pas un courant d'air dans la vie de mon enfant. Le genre de père qui occupe une place minuscule dans sa vie.

Elle n'eut pas le temps de le rassurer.

— Ma fille sera élevée par moi, poursuivit-il, le regard étincelant. Elle portera mon nom et elle bénéficiera de tout ce que je peux lui offrir. Elle sera à *moi*.

Son ton possessif la fit frissonner. Elle ressentait exactement la même chose que lui. Or ils ne pouvaient pas élever leur fille tous les deux.

— Ne me fais pas regretter d'être venue ici, dit-elle calmement.

Il crispa la mâchoire et darda sur elle un regard qui la glaça.

— Tu veux dire que tu as envisagé de ne pas le faire ?

Elle releva le menton.

— J'ai envisagé des tas de choses depuis que j'ai découvert son existence.

— Ne pas m'informer que j'allais être père faisait partie de ces choses ?

Elle sentit ses joues s'enflammer.

— Brièvement. Oui, bien sûr. Est-ce que ça n'aurait pas été plus facile ?

Devant l'air outré de Leonidas, elle roula les yeux.

— Je l'ai envisagé pendant environ trois secondes avant de prendre conscience que je ne pourrais jamais faire ça. Tu as le droit de savoir que tu vas être père, bien sûr. C'est notre fille. Je ne dis pas que tu n'as pas de place dans sa vie. Mais elle est innocente. Elle ne mérite pas d'être ballottée entre nous à cause de cette nuit.

— Mon intention n'est pas qu'elle soit ballottée entre nous.

Elle réprima un soupir de soulagement. Peut-être allait-il se montrer raisonnable et ne pas rendre les choses difficiles.

— Tu pourras être *très* impliqué, promit-elle. Je suis quelqu'un de raisonnable, Leonidas. Mon vœu le plus cher c'est que notre fille grandisse avec l'assurance d'être aimée par ses deux parents. Mais je veux la garde. C'est mieux ainsi, tu ne crois pas ?

— Mieux pour toi.

Il secoua la tête, visiblement furieux.

— Du moins c'est ce que tu sembles croire. Mais tu te trompes, Hannah.

— Vraiment ? Et pourquoi ?

— Tu n'es pas consciente que pour elle comme pour toi le fait d'être liée à quelqu'un comme moi comporte des risques ?

Elle cilla. Des informations entrevues sur Internet lui revinrent en mémoire. Elle avait pourtant résisté à la tentation de fouiller dans sa vie et son passé. Le seul fait d'avoir lancé une recherche sur lui pour trouver le nom de son bateau l'avait mise suffisamment mal à l'aise.

— Personne n'a besoin de le savoir.

Il eut un grognement de dérision.

— Quelle naïveté ! Les tabloïds s'intéressaient sans

doute déjà à toi avant même que tu débarques ici – pendant un des événements les plus photographiés de l'année —, enceinte jusqu'aux yeux, et que tu demandes à me voir.

— Je ne suis pas enceinte jusqu'aux yeux, protesta-t-elle aussitôt avant de s'interrompre.

Le problème n'était pas là…

— Et alors ? Quelle importance ? Une rumeur va courir. Nous ne la confirmerons pas, et elle s'éteindra d'elle-même.

— Tu ne comprends pas. Dès l'instant où la nouvelle sera publiée, tu appartiendras à mon univers et elle aussi, que tu le veuilles ou non. Imaginer que tu peux y échapper est complètement irréaliste.

— Et alors ? Je ferai front, répliqua-t-elle avec une assurance qu'elle était loin de ressentir.

— Au minimum tu verras le moindre de tes gestes commenté dans la presse people, et notre fille sera photographiée dès qu'elle mettra le nez dehors. Tu vas avoir besoin de ma protection, Hannah, et surtout elle ne mérite pas d'en être privée.

— Je préfère trouver un moyen de la protéger moi-même. Je peux supporter quelques photographes. Quant aux commentaires, je ne les lirai pas.

Il eut un sourire sans joie.

— Bien sûr…

— De toute façon, ce ne sont pas les photographes qui me préoccupent.

Sans en avoir conscience, elle posa une main protectrice sur son ventre.

— J'ai été marié, finit-il par dire après un long silence.

Elle déglutit péniblement. Oui, elle se souvenait. Oh ! elle avait enfoui ça au plus profond de sa mémoire. Mais maintenant qu'il en parlait… oui elle avait lu ça quelque part, un jour.

— Et ma femme a été assassinée.

Le souffle coupé, elle fut submergée par une compassion qui remplaça momentanément toute autre émotion.

— Avec mon fils de deux ans.

Elle vacilla sur ses jambes et crut qu'elle allait défaillir.

— C'était une vendetta contre mon père.

La voix de Leonidas était hachée.

— Ils ont été assassinés pour le punir. Ils ont perdu la vie à cause de leurs liens avec Dion Stathakis et moi. Je ne laisserai pas ça se reproduire. Je n'exposerai pas notre fille à ça.

Hannah avait la gorge nouée. Enceinte de quelques semaines elle savait déjà qu'elle était prête à donner sa vie pour son bébé. Impossible d'imaginer la souffrance qu'on pouvait ressentir quand on perdait un enfant de deux ans dans des circonstances aussi horribles.

— Je suis désolée, dit-elle d'une voix tremblante. Ça a dû être insupportable.

Les larmes qu'elle avait pourtant appris à refouler lui brouillèrent la vue.

Il resta silencieux. Que pouvait-il dire ?

— Mais n'est-ce pas une raison de plus pour que je me cache ? Pour que tu me laisses m'éloigner le plus possible de toi et de ton monde ?

— Tu ne peux pas la cacher. Pas d'hommes comme lui.

Elle sentit son sang se glacer.

— Il n'y a que moi qui puisse vous protéger toutes les deux.

— Permets-moi de ne pas partager cette opinion, étant donné ce qui s'est passé…

Devant la souffrance qui crispa les traits de Leonidas, elle s'interrompit en se maudissant. Comment avait-elle pu manquer de tact à ce point ? C'était la peur…

— Excuse-moi. Je n'aurais pas dû dire ça. C'est juste que…

— Non, tu as raison. J'ai sous-estimé le danger que couraient Amy et Brax. Je n'ai pas été à la hauteur.

L'émotion qui perçait dans la voix de Leonidas lui serra le cœur.

— Je ne me doutais pas qu'ils étaient surveillés ni qu'un dément s'en prendrait à eux pour se venger de mon père. La condamnation de ce dernier avait beaucoup nui à notre entreprise. Mon frère et moi, nous travaillions sans relâche pour redorer l'image de Stathakis Corporation et la hisser de nouveau au rang des plus grandes entreprises mondiales. Toute mon énergie était concentrée sur cet objectif. J'ai manqué à mon devoir envers ma femme et mon fils. Je ne me le pardonnerai jamais.

Il redressa les épaules, l'air déterminé.

— Je ne commettrai pas cette erreur avec elle.

Il se rapprocha de Hannah, et elle retint son souffle. Ses mains se posèrent sur son ventre tandis qu'une vive émotion la submergeait. C'était comme si un lien invisible se déroulait entre eux pour les unir. Une cérémonie de mariage lui aurait semblé moins solennelle.

— Je ferai tout ce qui est en mon pouvoir pour vous protéger toutes les deux, poursuivit-il. Pour empêcher des hommes de ce genre de s'en prendre à vous. Je ne peux pas te laisser continuer à vivre comme avant alors que vous êtes peut-être déjà devenues une cible toutes les deux, pour la seule raison qu'une nuit tu as pris la décision regrettable de coucher avec moi.

— C'est toi qui l'as regrettée.

Mais quelle importance ? se dit-elle aussitôt. Ça n'en avait plus aucune étant donné les circonstances… Assaillie par une bouffée de panique, elle inspira profondément.

— Leonidas, je ne veux pas qu'il lui arrive quelque chose.

— Je ne le permettrai pas, répliqua-t-il en prenant son visage dans les mains. Je te le promets.

— Comment peux-tu l'empêcher ?

Il plongea le regard dans le sien.

— Je vous protégerai, toi et notre fille, quitte à donner ma vie pour sauver la vôtre. Voilà comment.

Elle secoua la tête. Le contraste entre les bruits de la fête, qui parvenaient jusqu'à eux, et la gravité de la situation était saisissant. La peur lui fit oublier la nature de sa relation avec Leonidas. La brièveté de leur aventure, la hâte avec laquelle il avait disparu au petit matin, leur décision commune de ne jamais se revoir. À cet instant, il était sa bouée de sauvetage. Elle posa la main sur son torse comme pour s'y accrocher.

— Tu penses réellement que nous sommes en danger ?

Il soutint son regard, visiblement partagé entre l'envie de la rassurer et le besoin d'être honnête.

— Je prendrai toutes les mesures nécessaires pour que vous ne le soyez pas. Mais tu dois avoir confiance en moi et faire ce que je dis. Je sais ce qui est le mieux pour toi, pour elle, pour notre famille.

« Famille. »

La détresse qui se lisait dans les yeux de Leonidas indiquait qu'il était aussi bouleversé qu'elle par ce simple mot. Il y avait si longtemps qu'elle n'avait pas de famille… Et, même s'ils n'avaient choisi cette situation ni l'un ni l'autre, ce mot semblait plein de promesses.

— Que dois-je faire ? Dis-le-moi, Leonidas. J'ai besoin de savoir qu'elle sera en sécurité.

— Épouse-moi.

— Pardon ?

— Épouse-moi, aussi rapidement que le permettra la loi.

Elle resta sans voix, en proie à des sentiments qu'elle était incapable d'identifier. Jamais cette éventualité ne lui avait effleuré l'esprit. Se marier ? Avec Leonidas Stathakis ?

— En quoi cela va-t-il régler le problème ?

— Tu seras sous ma protection, sous mon toit. Nous élèverons notre enfant ensemble.

Comme c'était tentant ! Son souhait le plus cher était que sa fille grandisse en sécurité et dans des conditions moins difficiles qu'elle. Mais ce mariage était-il pour autant la bonne solution ? Comment le savoir ? Elle n'avait pas les idées claires.

Elle secoua lentement la tête.

— Ça ne marcherait jamais entre nous.

— Qu'est-ce qui devrait « marcher » ? Tu aimes notre enfant ou pas ?

— De tout mon cœur, répliqua-t-elle avec feu.

— Et tu veux choisir la meilleure solution pour elle ?

Elle hocha la tête.

— Alors fais-moi confiance. Je ne laisserai jamais personne vous faire du mal, ni à l'une ni à l'autre. Je ne peux pas permettre que ma fille grandisse ailleurs que sous mon toit.

L'émotion perceptible dans sa voix et dans son regard la toucha au plus profond d'elle-même.

— J'ai besoin de *savoir* qu'elle est en sécurité. Que vous êtes en sécurité.

Il s'éloigna d'elle et regarda vers la mer.

— Nous nous connaissons à peine, dit-elle tout en ayant conscience qu'elle n'avait pas d'autre choix que d'accepter.

Leonidas n'exagérait pas le danger. Elle avait toutes les raisons d'être inquiète. Sa femme et son fils avaient été assassinés. Son père appartenait à la mafia. Les menaces qui pesaient sur elle et son bébé étaient bien réelles.

Et, même si elles n'étaient pas en danger, il y avait d'autres arguments en faveur du mariage. Ses propres parents étaient morts, et tout son univers avait été bouleversé. Du jour au lendemain elle s'était retrouvée chez son oncle et sa tante, qu'elle connaissait à peine et qui ne débordaient pas d'affection. Elle s'était sentie seule et malheureuse.

Rien n'était jamais garanti dans la vie, mais n'était-il pas préférable pour un enfant de grandir entre ses deux parents ? Et si elle insistait pour élever sa fille seule en n'accordant à Leonidas qu'un rôle secondaire dans leur vie et qu'il lui arrivait quelque chose ? Et si à ce moment-là il avait épousé une autre femme, que deviendrait leur fille ? Une étrangère ? Une intruse ?

Comme elle l'avait été elle-même.

Elle expira lentement, l'estomac noué. En épousant Leonidas, elle se condamnerait à une vie de frustration. Elle renoncerait à son rêve. Une véritable famille. Sa famille. Au sein de laquelle elle serait aimée.

Mais ce n'était pas à elle qu'elle devait penser. Tout ce qui comptait, c'était leur bébé.

Elle leva les yeux vers Leonidas et hocha la tête avec résignation.

— Nous allons partir pour l'île aujourd'hui, déclara-t-il, visiblement soulagé. Mon avocat s'occupera des formalités.

C'était beaucoup trop précipité ! Elle prit la bouteille qu'elle avait posée sur la table et but une gorgée d'eau.

— Je travaille, Leonidas.

— Démissionne.

Le congé de maternité de la secrétaire qu'elle remplaçait se terminait dans deux semaines et par conséquent son contrat aussi. Son départ n'aurait rien de dramatique, mais l'idée de laisser son patron en plan était très déplaisante. Elle posa la main sur son ventre. Oui, mais c'était à son bébé qu'elle devait penser avant tout.

Pour sa fille elle était prête à tout.

— Sur l'île tu seras en sécurité, insista-t-il, comme s'il lisait dans ses pensées.

— Chrysa Vrachia ? demanda-t-elle distraitement.

— Non, répondit-il d'un air songeur. Mon île.

— Tu as une île à toi ? s'exclama-t-elle avec incrédulité.

— Oui. Pas loin de Chrysa. Elle est belle. Elle va te plaire.

Elle n'en doutait pas, mais tout arrivait si vite… Tout en sachant qu'elle ne reviendrait pas sur sa décision, elle ne put s'empêcher de murmurer :

— C'est de la folie.

Craignant peut-être qu'elle ne change d'avis, Leonidas la rejoignit, referma les mains sur ses bras et plongea le regard dans le sien.

— Il faut que tu comprennes que je ne peux pas permettre que notre enfant grandisse loin de moi. Par conséquent, la meilleure solution est que nous nous mariions. Pour au moins tenter de lui offrir une famille, même si nous savons que celle-ci ne sera qu'une illusion.

Elle poussa un soupir, mi-résigné mi-soulagé. Une

famille pour leur fille, c'était exactement ce qu'elle voulait, non ? Malgré tout…

— Tu penses vraiment que nous parviendrons à lui faire croire que nous sommes un couple normal ?

La mine de Leonidas s'assombrit.

— Je pense que nous lui devons d'essayer.

5.

Depuis le yacht ils prirent l'hélicoptère de Leonidas pour l'aéroport, où les attendait son jet privé.

C'était le même genre d'avion que celui qu'elle avait pris pour venir en Italie sur un vol commercial. Sauf que sur le fuselage « Leonidas Stathakis » était écrit en grosses lettres dorées. Lorsqu'elle monta à bord elle eut l'impression d'arriver dans un hôtel de luxe. Comme sur le yacht, le décor était dominé par le blanc et le beige. Énormes sièges, lustres de cristal et, au fond de la cabine, une salle de réunion, une salle de projection et quatre chambres.

— Assieds-toi, dit Leonidas.

En s'exécutant elle ne put s'empêcher d'avoir l'impression qu'elle s'apprêtait à passer un entretien d'embauche. Pour la centième fois depuis qu'elle avait quitté le yacht à bord de l'hélicoptère, elle se posa la même question. N'était-ce pas une folie d'avoir accepté de suivre Leonidas et de l'épouser ? Mais, comme à chaque fois que le doute s'insinuait dans son esprit, elle entendait de nouveau ses paroles. « Ma femme a été assassinée. Avec mon fils de deux ans. » Alors son sang se glaçait dans ses veines, et l'évidence s'imposait à elle. Elle était prête à tout pour éviter le même sort à leur fille. Son instinct maternel reprenait le dessus. Elle ne permettrait pas qu'on fasse du mal à leur enfant.

Et lui non plus.

Il le lui avait promis, et elle l'avait cru. Elle savait qu'il donnerait sa vie si nécessaire pour les protéger, leur fille et elle.

Hannah frissonna. Le monde semblait soudain immense et terrifiant. Si elle décidait finalement de ne pas suivre Leonidas elle serait seule, exposée à des dangers inconnus, à des menaces contre leur enfant qu'elle ne saurait pas apprécier.

— Pour la publication des bans, nous serons dispensés du délai habituel d'un mois, expliqua-t-il en s'asseyant en face d'elle.

Arrachée à ses pensées, elle mit quelques secondes à comprendre.

— Pourquoi ?

— Que veux-tu dire ?

— Pourquoi la loi serait-elle contournée pour nous ?

Il arqua les sourcils, et elle comprit.

— D'accord. Parce que tu as fait la demande et que tu es Leonidas Stathakis.

— Oui.

— Et tu obtiens toujours ce que tu veux ?

Il se rembrunit.

— Non.

Elle sentit son cœur se serrer. Bien sûr que non. Comment avait-elle pu poser une question aussi stupide ? Il venait de lui dire qu'il avait perdu sa famille. Sa vie n'était pas celle d'un homme béni des dieux.

— Mais pourquoi cette précipitation ?

Et pourquoi la fixait-il avec une telle intensité ? Parcourue d'un frisson qui n'avait rien à voir avec la peur, elle déglutit péniblement.

— Parce qu'il n'y a aucune raison d'attendre. Parce que je veux que tu sois en sécurité le plus tôt possible. Je ne veux prendre aucun risque avec la vie de notre fille. Ni avec la tienne. Tu n'aurais jamais dû te retrouver dans cette situation.

Elle ouvrit la bouche pour protester, mais il ne lui en laissa pas le temps.

— Cette nuit passée avec toi était un moment de faiblesse, une décision stupide, égoïste, que j'ai regrettée aussitôt. Crois-moi, Hannah, si je pouvais effacer ça, si je pouvais ne t'avoir jamais rencontrée…

Il secoua la tête et regarda par le hublot, tandis que l'avion commençait à rouler sur la piste.

— Je suis désolé de t'avoir fait entrer dans mon univers. Je suis désolé que nous soyons obligés de nous marier, désolé que nous attendions un enfant. Tout est ma faute. Je ne peux rien changer à ce qui s'est passé entre nous, mais je peux au moins faire de mon mieux pour que tu ne subisses pas d'autres problèmes.

— D'autres problèmes ? répéta-t-elle d'une voix étranglée. Tu considères cette grossesse comme un problème ?

— Je la considère comme une erreur. Mais il faut faire avec.

Profondément blessée, elle se hérissa.

— Comment peux-tu parler comme ça de notre bébé ?

— Tu as dit toi-même que tu n'avais pas souhaité cette situation.

— Je ne l'avais pas *planifiée.* J'ai vingt-trois ans. J'estimais avoir largement le temps d'avoir des enfants.

Il hocha silencieusement la tête.

— Mais, dès que j'ai découvert que j'étais enceinte, j'ai aimé ce bébé. Je l'ai désiré et j'ai su que désormais il passerait avant tout le reste. Pour toujours.

Après un silence, il hocha la tête alors que l'avion décollait.

— Et, en m'épousant, c'est exactement ce que tu fais, déclara-t-il. Tu fais passer notre fille avant tout le reste. Tu ne souhaites pas ce mariage et moi non plus. Et pourtant, pour cet enfant nous sommes ici tous les deux.

Elle serra les dents. Pourquoi était-il aussi désagréable de l'entendre rappeler à la moindre occasion qu'il ne souhaitait pas ce mariage ? Cette insistance devrait la laisser indifférente puisqu'elle ne le souhaitait pas non plus…

Il prit son téléphone dans sa poche avant d'ajouter :

— J'ai quelques questions à te poser. Mon avocat les a envoyées par mail.

— Des questions ?

— Pour le certificat de publication des bans. Le contrat de mariage. L'ouverture de ton compte en banque et la mise en place du legs.

— Waouh !

C'était trop. Trop tôt.

— Ne pourrions-nous pas… faire tout ça progressivement ?

Il se pencha en avant et plongea le regard dans le sien.

— Que ce soit clair. D'ici une semaine nous serons mariés. Tu seras mon épouse. Madame Hannah Stathakis. La femme d'un homme qui vaut plus de cent milliards de dollars. Ta vie, telle que tu l'as vécue jusqu'ici, va changer radicalement. Il n'est pas question de « faire tout ça progressivement ». Pendant combien de temps ? Trois mois ? Quatre ? Nous allons avoir un enfant. D'ici quatre mois nous devrons avoir construit notre relation de parents. Il n'y a pas de temps à perdre. Tu comprends sûrement ça ?

Elle ferma les yeux, prise de vertige. C'était si incroyable, si difficile à comprendre et en même temps d'une logique si implacable… L'entendre énoncer une somme aussi énorme et évoquer le legs qui reviendrait à leur fille était à la fois impressionnant et un peu effrayant. Mais ce n'était pas l'essentiel. C'était une autre affirmation qui l'avait touchée en plein cœur. « D'ici quatre mois nous devrons avoir construit notre relation de parents. » Il n'aurait pas pu trouver un argument plus convaincant.

— Ton nom complet est bien Hannah May ?

— Hannah Grace May.

Elle attacha sa ceinture et regarda par le hublot. Au-dessous d'eux Capri n'était plus qu'un îlot vert vif qui se détachait sur le bleu profond de la mer, et les superyachts de minuscules taches blanches.

Était-ce seulement ce matin qu'elle avait contemplé le

même spectacle depuis l'avion qui l'amenait en Italie ? Dire qu'elle avait prévu de repartir tout de suite après avoir annoncé à Leonidas qu'elle était enceinte... Elle était persuadée qu'il accepterait de n'être qu'un élément secondaire mais vital dans la vie de leur fille.

— Date de naissance ?

Tout en répondant, elle se remémora son dernier anniversaire, juste avant Noël. Angus avait organisé une surprise, et elle avait fait semblant d'être ravie, alors qu'elle détestait les surprises. Elle s'était demandé comment il pouvait l'ignorer et penser qu'elle serait heureuse d'être le point de mire au restaurant, de voir tout le monde la regarder en attendant qu'elle fasse un petit discours de remerciement.

Elle n'aimait pas les surprises, mais elle s'était dit que cette soirée serait un souvenir dont ils riraient dans dix ans. Après tout il s'était donné beaucoup de mal pour organiser ce repas, et elle s'était sentie reconnaissante malgré tout.

Elle ignorait qu'une surprise encore plus grande l'attendait quelque temps plus tard et que s'il s'était donné autant de mal c'était sans aucun doute pour compenser le fait qu'il couchait avec sa cousine derrière son dos.

Assaillie par des souvenirs insupportables, elle crispa inconsciemment les mains sur ses genoux. Malgré tous ses efforts elle ne parvenait pas à chasser de son esprit l'image de sa cousine et de son fiancé enlacés dans le lit d'Angus, dont les draps noirs faisaient ressortir leur peau claire et la chevelure cendrée de Michelle.

C'était une double trahison. Que son fiancé la trompe était déjà odieux, mais avec celle qu'elle avait appris à considérer comme sa sœur ?

Elle regarda Capri au-dessous d'elle et parvint à relativiser un peu. Combien de millions de gens avaient marché sur ces plages, s'étaient baignés dans cette mer, chacun avec ses problèmes qui étaient dérisoires à l'échelle de la planète ? Un jour elle oublierait la blessure de cette trahison. De cette seconde fois où elle avait enduré la perte d'une famille.

— Nom des parents ?

Elle ferma les yeux et pensa à ses parents biologiques, au sourire de sa mère quand elle la bordait dans son lit en lui caressant les cheveux et en lui chantant la chanson destinée à l'endormir.

— Ellie… Eleanor. Et Brad.

Il y avait d'autres questions. Elle y répondit sobrement, d'un ton neutre. C'était plus facile que de se lancer dans des explications à chaque fois.

— Pourquoi tes fiançailles ont-elles été rompues ?

Elle tourna vivement la tête vers Leonidas, mais à son grand soulagement une hôtesse choisit ce moment précis pour arriver dans la cabine et leur proposer à boire.

— Juste de l'eau, murmura-t-elle.

— Un café.

Leonidas la regarda d'un air interrogateur.

— Tu as faim ?

— Un peu.

— Et servez-nous un dîner.

— Oui, monsieur.

L'hôtesse s'en alla, et Hannah crut un instant que Leonidas avait oublié la question qu'il venait de lui poser. Mais bien sûr, ce n'était pas le cas. Arrivait-il à cet homme d'oublier quoi que ce soit ? Elle en doutait beaucoup.

— Ton fiancé ?

— Oui. Il me trompait.

Elle haussa les épaules comme si ce n'était pas grave.

— Ça m'a ôté l'envie de l'épouser.

— J'imagine.

Leonidas la regardait comme si elle était une énigme qu'il pourrait résoudre s'il avait assez de temps.

— Comment se fait-il que tu aies été encore vierge ?

Elle se força à soutenir son regard curieux.

— Nous avions décidé d'attendre.

— Il n'y a eu personne avant lui ?

Elle se mordit la lèvre et secoua la tête.

— Est-ce très inhabituel ?

— D'après mon expérience, oui.

— Arrête de me regarder comme ça, dit-elle en riant.

— Comment ?

— Comme si j'étais une sorte de… Je ne sais pas. Comme si j'étais une extraterrestre.

— Ton manque d'expérience n'est pas courant, c'est tout. Surtout si on considère que tu étais fiancée.

— Angus et moi…

Elle déglutit péniblement, incapable de réprimer l'amertume qui l'envahissait.

— Nous avons été amis pendant longtemps. Puis nous sommes subitement devenus un couple, mais je pense que notre relation n'a pas vraiment évolué. Le sexe n'était pas essentiel pour moi. Et pour lui non plus, je pense.

— Tu ne le désirais pas ?

— Pas vraiment.

Pourquoi cet aveu lui donnait-il le sentiment d'être déloyale ? C'était stupide.

— Ce n'était pas notre truc.

— Quel était votre « truc » ?

— Je l'aimais et je pensais qu'il m'aimait. C'était suffisant.

Leonidas hocha la tête d'un air songeur.

— C'était donc également un mariage de raison.

— Que veux-tu dire ?

— Tu avais accepté d'épouser un homme parce que ça paraissait raisonnable, parce que tu pensais que vous vous aimiez, sans savoir si vous étiez sexuellement compatibles. Par conséquent ce mariage – le nôtre – a déjà plus d'atouts.

En l'entendant évoquer leur mariage elle sentit son cœur faire un petit bond dans sa poitrine.

— Qu'est-ce qui te fait dire ça ? Angus était un de mes meilleurs amis…

— Ce qui ne veut pas dire grand-chose vu qu'il a

trahi ta confiance et qu'il a couché à droite et à gauche derrière ton dos.

— Waouh ! Ne prends pas de gants avec moi, surtout.

— Je ne pense pas que aies envie qu'on prenne des gants avec toi, Hannah May.

Elle fut surprise par sa perspicacité.

— Ça date de moins de six mois. Ce n'est pas encore tout à fait cicatrisé.

Il changea à peine d'expression, mais elle eut l'impression qu'il enregistrait cette petite révélation.

— Il t'a trompée. Il ne mérite pas que tu continues à penser à lui.

Elle hocha la tête. C'était ce qu'elle s'était dit plus d'une fois.

— Il est toujours avec elle ?

Elle prit son verre et but une gorgée d'eau en s'efforçant d'ignorer la douleur qui se réveillait.

— Non. Pas d'après ma tante.

Il hocha la tête, et elle eut de nouveau l'impression qu'il enregistrait cette information.

— Il n'y a pas d'amour entre toi et moi, Hannah. Mais il y a assez de désir pour nous brûler vifs si nous ne faisons pas attention. Et il y a un bébé, que nous voulons tous les deux protéger et chérir.

— Oui.

— Nous n'avons ni l'un ni l'autre souhaité ce mariage, mais nous pouvons faire en sorte qu'il soit réussi.

Elle but une gorgée d'eau pour se donner du courage. Elle aussi avait des questions à poser. Des questions délicates…

— Ta femme et ton fils… quand sont-ils… ?

Le regard de Leonidas devint étincelant.

— Presque cinq ans.

— Je suis vraiment désolée, dit-elle d'une voix douce. Tu as dit qu'ils avaient été assassinés ?

Il pâlit imperceptiblement.

— Oui.

— Par qui ?

Il leva la main pour la faire taire.

— Je n'ai pas l'intention d'en parler, Hannah. Mon premier mariage est un sujet tabou.

Piquée au vif, elle protesta.

— Toi, tu viens de me poser des tas de questions sur mon fiancé.

— Tu avais envie d'en parler.

— Non, pas du tout. J'ai répondu à tes questions parce que nous allons nous marier.

Comme c'était étrange de prononcer cette phrase !

— Puisque tu vas devenir mon mari, il me semble que c'est le genre de choses que tu es en droit de savoir.

— Je ne veux pas parler d'Amy et de Brax.

Elle poussa un soupir exaspéré.

— Eh bien, je trouve ça stupide.

Il fut visiblement surpris par cette réaction.

— Oh ! vraiment ?

Son ton était calme mais menaçant.

— Oui, vraiment.

L'hôtesse arriva avec un plateau chargé de spécialités italiennes. Fromages, jambon, fruits, bâtonnets de crudités à tremper dans diverses sauces, petits pains, huile d'olive et vinaigre. À la vue de ce festin, elle prit conscience qu'elle mourait de faim.

Mais il y avait plus important. Lorsqu'ils furent de nouveau seuls, elle ajouta :

— Tu avais une femme et un fils, que tu as perdus. Tu as perdu ta famille.

Malgré tous ses efforts pour la contrôler, sa voix tremblait légèrement. Elle était mieux placée que quiconque pour savoir à quel point une telle perte était douloureuse. Du jour au lendemain, le cocon partagé avec ceux qu'on aimait le plus au monde volait en éclats. On se retrouvait à la dérive, seul, désespéré, privé de tous ses repères.

— Merci pour ce rappel judicieux des faits.

Elle s'exhorta au calme.

— Je veux juste dire que cette famille fait partie de toi.

Tu ne crois pas que notre enfant voudra un jour connaître l'existence de son demi-frère ? Il fait aussi partie de sa vie à elle.

Le visage de Leonidas resta impénétrable, mais sa respiration s'altéra, et elle crut voir un éclair de panique dans ses yeux.

— Non.

Il prononça le mot d'un ton véhément, comme un juron.

— Elle ne saura rien de Brax. *Jamais.* Je ne parlerai jamais d'eux. Ni à toi, ni à elle, ni à personne.

Elle sentit son cœur se serrer. Ce n'était pas dirigé contre elle. Il avait été pris au dépourvu, et la souffrance l'avait fait réagir de manière viscérale. Malgré tout, c'était très dur à entendre…

— Pour toi ce mariage et notre fille représentent un concept abstrait, dit-elle en s'efforçant de garder une voix douce. Tu la vois seulement comme un bébé. Mais quand elle aura dix ans ? Quinze ? Vingt ? Quand vous serez amis autant que père et fille, tous les deux ? Quand elle sera assise en face de toi dans un avion, comme moi aujourd'hui, et qu'elle te posera des questions sur ta vie ? Tu penses vraiment que tu pourras lui cacher une part aussi essentielle de toi-même ? Et me la cacher à moi aussi indéfiniment ?

Il but son café avant de darder sur elle un regard étincelant.

— Oui.

— Tu es incroyablement naïf et buté, commenta-t-elle d'un ton compatissant.

Personne ne savait mieux qu'elle les ravages que causait le chagrin quand il était délibérément inexprimé.

— Désolé que tu penses ça.

Il repoussa son assiette à laquelle il n'avait pas touché et prit un journal. Il le déplia, mettant ostensiblement fin à la conversation. Elle réprima un soupir. C'était exaspérant, mais son attitude était due à un immense chagrin. Mieux valait ne pas insister. Il ne voulait pas parler de sa famille. Pour l'instant. Malgré l'arrangement curieux qu'ils avaient conclu ils se connaissaient à peine. Ils se mariaient dans une semaine, mais ils n'avaient pas passé plus de quelques heures ensemble depuis leur rencontre. Ils étaient pratiquement des étrangers l'un pour l'autre. Qu'il n'ait pas envie de s'épancher auprès d'elle était naturel. Avec le temps ils apprendraient à se connaître, et il se confierait plus facilement.

Elle prit une fraise et savoura sa fraîcheur. Si elle voulait qu'il lui fasse confiance, il fallait lui montrer l'exemple. Continuer à se confier à lui, même si l'expérience lui avait appris à rester sur la réserve pour se protéger.

— Je ne me sentais pas désirable, murmura-t-elle en prenant une autre fraise.

Il baissa son journal et lui lança un regard froid. Elle ne se laissa pas décourager.

— Avec Angus. De mon côté, je n'étais pas spécialement attirée par lui et, quand il a suggéré que nous attendions d'être mariés, j'ai accepté. J'entendais parler de couples qui ne pouvaient pas s'empêcher de se toucher sans arrêt, si bien que je pensais qu'il y avait quelque chose qui clochait chez moi.

Elle se mordit la lèvre.

— Je me disais que je n'étais tout simplement pas sensuelle. Et qu'il ne l'était pas non plus. Un jour je l'ai trouvé au lit avec une autre femme, puis j'ai appris qu'ils couchaient ensemble depuis plus d'un mois. Alors j'ai compris. Il aimait le sexe. Le seul problème c'était qu'il ne me désirait pas.

Les yeux fixés sur son visage, Leonidas posa le journal sur ses genoux.

— Je n'ai jamais éprouvé l'envie d'arracher ses vêtements à un homme. C'était comme si le sexe me laissait complètement indifférente.

Elle haussa les épaules, et son regard fut attiré par les lèvres de Leonidas. Des lèvres charnues, bien dessinées. Des lèvres qui l'avaient couverte de baisers, mettant son univers sens dessus dessous.

— Mais toi…

Il arqua un sourcil, l'invitant à poursuivre.

— En te voyant, j'ai eu le souffle coupé, avoua-t-elle tout en se demandant si elle ne commettait pas une erreur.

Avait-elle raison d'être aussi franche ? Cet aveu ne risquait-il pas de la mettre en position de faiblesse ?

— Je ne peux pas l'expliquer. Pour la première fois de ma vie j'ai éprouvé du désir et je…

— Continue, dit-il alors qu'elle hésitait.

Sa voix était rauque. Était-ce le signe qu'il était affecté par sa confession ? Elle en serait si heureuse…

— Je me suis sentie désirable pour la première fois également. J'aimais ça. J'aimais la façon dont tu me regardais.

S'éclaircissant la voix, elle jeta un coup d'œil à travers le hublot. À sa grande surprise elle sentit les mains de Leonidas se poser sur les siennes. Des étincelles jaillies de ses poignets se répandirent dans tout son corps.

— Ton fiancé a été stupide de te faire douter de ta sensualité.

Elle eut un petit rire désinvolte, mais il se pencha encore plus vers elle, et leurs genoux se frôlèrent.

— Tu es très très sexy.

Envahie par une vive chaleur, elle bredouilla :

— Ce n'est pas la peine de… Je ne cherchais pas… Je voulais juste t'expliquer…

— Je sais.

Il se redressa et se cala dans son siège.

— Et je te dis que tu es une femme très sensuelle. Tu n'imagines pas à quel point j'ai été hanté par le souvenir de cette nuit, Hannah Grace May.

6.

La Méditerranée scintillait juste derrière la fenêtre de son bureau. Au deuxième étage de sa villa, légèrement en surplomb du reste du bâtiment, cet espace de travail bénéficiait d'une vue panoramique sur la mer. Leonidas s'accouda au rebord de la fenêtre, pris de vertige.

À Capri, il avait eu une réaction purement instinctive.

Sa femme et son enfant étaient morts, mais il y avait de nouveau dans son existence une femme et un enfant. Ils n'occuperaient jamais dans sa vie la même place qu'Amy et Brax, mais ils n'en étaient pas moins sous sa responsabilité. Il n'aurait jamais choisi de devenir de nouveau père, mais ça n'entrait pas en ligne de compte. Elle était enceinte. Ils allaient avoir un enfant. Une fille. Oppressé, il ferma les yeux. Mille et un souvenirs le torturaient. Amy découvrant qu'elle était enceinte. Amy et son ventre de plus en plus rond. Amy en train d'accoucher. Amy nourrissant leur fils. Amy regardant Brax faire ses premiers pas. Amy lisant un livre à Brax, lui donnant tout son amour, riant avec lui.

Amy.

Ses yeux se rouvrirent. Si coucher avec une autre femme était trahir Amy, comment qualifier le fait de fonder une nouvelle famille et de l'amener sur cette île ? Il secoua la tête. Non, Amy n'aurait pas voulu qu'il s'interdise de vivre, d'avoir une autre relation, une autre famille.

C'était pourtant ce qu'il s'était juré de faire.

Mais ce mariage avec Hannah était un mariage imposé par la nécessité de protéger son enfant et la femme qui le portait. C'était un mariage de raison. Rien d'autre. Même si Hannah n'avait pas couru de danger, son sens de l'honneur lui aurait intimé de l'épouser. Les naufrages des mariages successifs de son père ne lui avaient pas fait oublier les principes que lui avait inculqués son grand-père ni la solidité du mariage de ses grands-parents. Sa fille méritait de grandir dans un environnement familial stable. Hannah méritait d'être soutenue et protégée.

Et quoi d'autre ? Une flèche de désir le transperça au souvenir de la passion qui l'avait enflammé la nuit de leur rencontre. Comment pouvait-il encore avoir une réaction de ce genre alors que depuis cinq mois il se répétait que cette nuit avait été une erreur ? Il n'aurait jamais rien dû se passer entre eux. Et pourtant… Dès l'instant où leurs corps étaient entrés en collision il avait eu l'impression d'être ramené brusquement à la vie. Il l'avait regardée, et une sorte de folie s'était emparée de lui. Une attirance viscérale, impérieuse. L'ignorer avait été impossible.

Peut-être l'était-ce encore…

Verre. Acier. Meubles de designers. Personnel de maison. Œuvres d'art. Vue panoramique sur la mer. Hannah avait l'impression d'être entrée dans une autre dimension. Y avait-il vraiment des gens qui vivaient ainsi ? Il possédait un terrain d'aviation privé ! Son jet privé s'était posé sur l'île au crépuscule. Au lieu de la limousine à laquelle elle s'attendait, il y avait plusieurs voiturettes de golf à proximité de la piste. Leonidas l'avait entraînée vers l'une d'elles, et quand il s'était assis à côté d'elle leurs genoux s'étaient frôlés. Ce qu'il lui avait dit dans l'avion lui était aussitôt revenu en mémoire. « Tu n'imagines pas à quel point j'ai été hanté par le souvenir de cette nuit. »

Elle n'avait pas tout de suite vu la maison. La villa. Elle avait été trop fascinée par la beauté de l'île. Rocheuse, avec des pinèdes et des vignes qui descendaient vers la mer. Puis, à l'approche de la villa, un jardin paysager au sein duquel des hibiscus imposants offraient de vastes coins d'ombre.

Leonidas lui avait fait brièvement visiter la propriété et l'avait présentée à la gouvernante, Mme Chrisohoidis, avant de s'excuser.

— J'ai quelques détails à organiser.

Il avait froncé les sourcils, et pour la première fois elle s'était sentie un peu embarrassée d'être là, dans la maison d'un homme qu'elle connaissait à peine et avec qui elle allait se marier et élever un enfant.

— D'accord.

Elle avait souri pour masquer sa confusion, tout en songeant qu'elle avait elle-même certains « détails » à organiser. Comme la chambre qu'elle louait à Earl's Court et le travail qu'elle était censée reprendre dans quelques jours. Plus un oncle et une tante qui avaient le droit de savoir non seulement qu'elle était enceinte mais aussi qu'elle allait se marier.

La perspective de remplir ces obligations n'étant pas réjouissante, Hannah décida de faire une visite plus complète de la maison. Celle-ci était vaste, et elle commença son exploration en s'efforçant de mémoriser des points de repère. C'était un endroit spectaculaire dont le luxe qui l'avait frappée dès son arrivée se confirmait à chaque pas. Cependant, après une heure de déambulation de pièce en pièce, une évidence s'imposa à elle. En dehors des œuvres d'art, dont le choix reflétait forcément les goûts de Leonidas, le décor ne comportait pas la moindre touche personnelle. Ni photos ni affaires qui traînaient. Rien n'évoquait l'habitant des lieux ni la famille qu'il avait perdue.

Le soleil rejoignit la mer à l'horizon, enflammant le ciel dans une explosion d'orange vif rehaussé de pointes de rose. Hannah mit un terme à sa visite et se rendit sur l'immense terrasse qu'elle avait aperçue à son arrivée. À peine y eut-elle posé le pied que la gouvernante apparut.

— Mademoiselle May, voulez-vous boire ou manger quelque chose ?

L'image d'un verre de vin bien frais s'imposa à l'esprit de Hannah. Elle la chassa à regret.

— Un jus de fruits, s'il vous plaît.

— Très bien. Et quelque chose à grignoter ?

Le visage hâlé de la gouvernante était strié de rides témoignant d'une vie bien remplie et pleine de rires. Sa chevelure était argentée, à part sur les tempes où elle restait noir de jais.

— Je n'ai pas très faim.

Pourquoi disait-elle ça comme si elle s'excusait ? se demanda Hannah. Sans doute parce que la gouvernante semblait ravie d'avoir une personne de plus à nourrir.

— Ah, mais vous devez manger pour deux, non ?

Devant le sourire radieux de Mme Chrisohoidis, elle sentit son cœur se serrer. Depuis qu'elle avait découvert qu'elle était enceinte, c'était la première fois que quelqu'un semblait enchanté par la nouvelle. Ses colocataires avaient été effarées, son patron avait été navré à l'idée qu'il allait peut-être perdre une employée sur laquelle il avait pris l'habitude de se reposer, et Leonidas avait été… Qu'avait-il ressenti ? Elle ne le savait pas exactement, mais une chose était certaine. Il n'avait pas été fou de joie.

— Mon appétit n'est pas très affecté, répliqua-t-elle.

— Oh ! mais ça va venir… Je peux ? demanda la gouvernante en indiquant son ventre.

Elle hocha la tête, et Mme Chrisohoidis posa ses mains aux longs doigts fins marquées par l'âge sur son ventre. Tout à coup elle fut submergée par une immense tristesse. Elle aurait tellement aimé que sa mère connaisse le bonheur de vivre cette grossesse avec elle…

— C'est une fille ?

Surprise, elle arqua les sourcils.

— Oui. Comment le savez-vous ?

Mme Chrisohoidis pouffa.

— J'ai deviné. J'avais cinquante pour cent de chances de tomber juste, non ?

Elle rit à son tour.

— Oui. Vous êtes tombée juste.

— Une fille, c'est bien. C'est bon pour lui.

La gouvernante parut sur le point d'ajouter quelque chose, mais elle changea de sujet.

— Je vous apporte du pain.

Hannah lui sourit, puis reporta son attention sur la vue. Elle se remémora la beauté de la côte à Chrysa Vrachia, la magie de sa rencontre avec Leonidas. Elle rêvait de se rendre sur cette île depuis qu'elle avait vu un film en partie tourné là-bas. Elle avait été fascinée par les falaises, dont la pierre prenait des reflets dorés au lever et au coucher du soleil. La facilité avec laquelle elle avait trouvé une place d'avion, la présence de Leonidas dans le bar de l'hôtel au moment où elle y avait pris un verre, l'attirance immédiate qu'elle avait éprouvée pour lui, la réciprocité de cette attirance… C'était comme si tout avait été écrit d'avance. Y compris la conception de leur enfant malgré l'utilisation de préservatifs.

Quand elle entendit la baie vitrée se rouvrir derrière elle, elle se retourna en souriant, mais ce ne fut pas Mme Chrisohoidis qu'elle vit apparaître une flûte de champagne pleine de jus d'orange à la main. Son cœur fit un bond dans sa poitrine, et une chaleur intense la submergea.

— Leonidas.

— Excuse-moi de t'avoir laissée aussi longtemps.

— Ce n'est rien.

Elle n'avait aucune envie qu'il la considère comme une invitée importune dont il se sentirait obligé de s'occuper. Ayant été accueillie à contrecœur par un oncle et une tante qui n'avaient pas eu d'autre choix que de la prendre en charge, elle avait l'habitude de se sentir de trop. Se retrouver dans cette situation une fois de plus ? Elle n'était pas sûre de pouvoir le supporter.

Mais ce n'était plus la même chose. Aujourd'hui elle était adulte et elle décidait elle-même de sa vie, en choisissant ce qui était le mieux pour son bébé.

— Il ne faut surtout pas te sentir obligé de jouer les baby-sitters avec moi, dit-elle sur la défensive.

Il hocha la tête, et elle crut déceler de la gratitude dans son regard.

— Je te ferai visiter toute la maison après le dîner.

— J'ai déjà fait un tour un peu partout, murmura-t-elle distraitement.

« Après le dîner. » Tout était arrivé si vite qu'elle n'avait pas eu le temps de s'interroger sur ce que serait leur vie quotidienne. Dîneraient-ils ensemble tous les soirs ? Comme un couple qui aurait choisi de se marier sans y avoir été contraint par les circonstances ?

— Et je suis sincère. S'il te plaît, ne te sens pas obligé de me tenir compagnie ni de dîner avec moi ni rien d'autre. Je sais ce que c'est.

— *Ne* ? dit-il en la considérant avec une curiosité manifeste.

Au même instant, Mme Chrisohoidis revint non seulement avec du pain mais aussi avec un grand plateau chargé de légumes, de poisson, de fromages et de sauces diverses.

— J'ai préparé votre dîner favori.

Elle sourit à Leonidas et posa le plateau sur une table située au bord de la terrasse.

— Merci, Marina.

— Elle travaille pour toi depuis longtemps ? demanda Hannah après le départ de la gouvernante.

Découvrant avec surprise qu'elle avait beaucoup plus faim qu'elle ne le pensait, elle s'approcha de la table et prit une olive.

— Marina ? Depuis toujours.

— Depuis ton enfance ? s'enquit-elle, intriguée.

Il hocha la tête.

— Alors elle travaillait pour tes parents ?

— Oui.

Nouvelle porte fermée. Comme sa femme et son fils. Elle s'appuya contre la balustrade, dos à la vue, les yeux fixés sur l'homme qu'elle allait bientôt épouser.

— Tu as grandi ici ?
— Non.
— Où ça, alors ?
— Un peu partout.
— Je vois. Ça aussi c'est un sujet « tabou » ?
Visiblement surpris par cette question directe, il eut un sourire crispé.
— Non. C'est juste que je ne parle pas souvent de mes parents. J'ai peut-être oublié comment le faire.
Elle pouvait comprendre. Sa tante Cathy ne supportait pas qu'elle parle de sa mère et de son père. « C'était mon frère ! À ton avis, ça me fait quoi de t'entendre parler de lui sans arrêt ? Ça me brise le cœur, tout simplement. » Si bien qu'à neuf ans elle avait appris à garder ses parents vivants dans son esprit au lieu de partager ses souvenirs avec des gens qui les avaient connus. Angus l'avait interrogée à leur sujet, mais elle avait tellement pris l'habitude de garder ses souvenirs pour elle qu'elle avait eu du mal à lui en parler.
— Ils ont divorcé quand j'étais jeune, expliqua Leonidas.
— Ça a été dur pour toi ?
— Oui.
Mme Chrisohoidis fit une nouvelle apparition, cette fois-ci avec une petite coupe pleine de chocolats.
— Pour le bébé, dit-elle avec un clin d'œil en la posant sur la table.
— Il y avait quand même un côté positif, poursuivit Leonidas. Parce que le divorce était lié à l'arrivée d'un frère.
— Que s'est-il passé, exactement ?
— Mon père avait une liaison. Thanos en était la conséquence. Sa naissance a provoqué le divorce de mes parents, mais de toute façon leur mariage était devenu un cauchemar depuis longtemps. J'ai été soulagé qu'ils se séparent et que la situation s'apaise un peu. Et Thanos est arrivé, âgé seulement de trois mois de moins que moi.
— Ça a dû te faire bizarre. Quel âge avais-tu ?
— Huit ans.

— Et il vivait ici ?

Une ombre passa sur le visage de Leonidas.

— Sa mère a laissé la garde à mon père.

— Ça a dû être dur pour elle.

— C'est surtout pour Thanos que ça a été dur.

— Comment ça ?

— Sa mère l'a abandonné de son plein gré, répondit Leonidas d'un air compatissant qui serra le cœur de Hannah.

— Thanos n'en faisait – et n'en fait toujours – qu'à sa tête. Elle ne s'en sortait plus avec lui.

Hannah resta bouche bée.

— Mais ce n'était qu'un enfant ! Il devait bien y avoir des moyens de le faire obéir, non ?

— Qui sait ? En tout cas, un jour quand il avait huit ans elle est arrivée et elle l'a laissé à mon père en disant qu'elle n'en pouvait plus.

— Ça a dû être terrible pour lui. Et pour ta mère !

— Ma mère le haïssait. Elle le traitait comme un chien des rues.

La gorge de Hannah se noua. C'était horrible ! Ayant subi le même traitement, elle éprouva un sentiment de solidarité pour le frère de Leonidas.

— Mais ton père l'a accueilli, dit-elle avec l'espoir que tout s'était bien terminé pour le petit Thanos.

— Mon père était ravi. Il tenait à avoir la garde, pour mon frère comme pour moi. Il avait l'argent et le personnel nécessaire pour nous élever tous les deux sans que ça lui pose le moindre problème. Nous lui appartenions. Nous étions moins des fils que des héritiers. Des preuves vivantes de sa virilité. Avec les années, j'ai compris que loin de l'embarrasser la différence d'âge minime entre mon frère et moi le flattait. D'ailleurs il s'en vantait.

Elle eut du mal à contenir son indignation.

— Tu n'es pas proche de lui ?

Il but une gorgée de vin.

— Non.

De toute évidence, elle s'aventurait sur un terrain glissant. Mieux valait tenter d'aborder les sujets tabous par des voies détournées.

— Tu aurais préféré rester avec ta mère ?

— Ma mère était américaine. Elle a déménagé à Las Vegas quand ils se sont séparés. Je n'avais pas envie de partir là-bas.

— Ça a dû être dur pour elle de te laisser.

Il eut un sourire indiquant qu'il n'était pas de cet avis, mais il se contenta de répliquer :

— Peut-être.

— Tu la vois souvent, aujourd'hui ?

— Une fois par an. Visite d'anniversaire obligatoire.

— Le tien ou le sien ?

— Le sien.

Il but une autre gorgée de vin avant de demander :

— Et toi, Hannah ?

— Moi, quoi ?

— Tes parents ?

Soudain ce fut comme si elle était aspirée dans un puits sans fond. Elle sentit l'obscurité l'envelopper et le sang se retirer de son visage. Secouant la tête, elle se retourna et fixa l'horizon. Le soleil avait disparu, mais le ciel restait teinté de rose orangé. Elle avait du mal à respirer et elle ne trouvait pas les mots pour répondre à cette question.

— Hannah.

Elle hocha la tête. Il avait le droit de savoir, bien sûr. Elle ne pouvait pas l'interroger sur sa famille et refuser de lui parler de la sienne.

— Mes parents sont morts.

Comment était-il possible que ces mots soient encore aussi douloureux à prononcer ? Il y avait si longtemps…

— Je suis désolé.

Elle sentit Leonidas s'approcher. Il se mit derrière elle, et sa présence toute proche la réconforta instantanément.

— Il y a des années. J'étais enfant.

Il resta silencieux, mais son attention était bien palpable.

— Maman aimait beaucoup ce film… *La Princesse*

secrète. Je l'ai regardé un peu après sa mort. Depuis, l'envie d'aller à Chrysa Vrachia ne m'avait plus jamais quittée.

Il émit un murmure compréhensif, et elle se retourna vers lui. Comme elle s'y attendait, il était si près d'elle que leurs corps se touchaient presque. Il était si grand… Il donnait une telle impression de force… Elle avait le sentiment qu'elle pourrait affronter n'importe quelle tempête s'il était à son côté.

— Et ensuite ? demanda-t-il.

— Ensuite ?

— Tu es venue sur l'île pour le nouvel an. Qu'avais-tu l'intention de faire ensuite ?

— Je n'avais pas de projets précis. Mais, sans en avoir vraiment conscience, je pense que j'ai toujours su que je finirais par me retrouver en Angleterre. Ma mère était anglaise, si bien que j'ai la nationalité. J'ai toujours eu envie de voyager à travers l'Europe. Je devais passer ma lune de miel à Paris. J'avais une image de la tour Eiffel sur ma table de chevet. Quand on appuyait dessus elle s'illuminait.

Elle secoua la tête avec un pincement au cœur.

— Mes parents me l'avaient donnée après un spectacle de danse. Je n'ai jamais pu m'en séparer.

— Tu faisais de la danse ?

— Seulement quand j'étais enfant.

Lorsqu'elle avait emménagé chez son oncle et sa tante, celle-ci avait donné tous ses tutus et ses justaucorps à une association caritative. Mais pas question de ruminer le passé. C'était le présent qui comptait. Et les circonstances qui l'avaient amenée jusqu'ici.

— Après avoir trouvé Angus et Michelle au lit ensemble, je n'ai eu qu'une envie. Fuir l'Australie.

— C'est bien naturel.

— Je me suis dit que c'était le moment ou jamais de faire mes valises et de parcourir le monde. Je suis partie avant d'avoir le temps de changer d'avis.

Leonidas hocha la tête d'un air songeur.

— Lui as-tu parlé depuis ?

— Non, il n'y a plus rien à dire.

— Vous étiez amis avant de vous fiancer, n'est-ce pas ?

— Oui.

— Son amitié ne te manque pas ?

Elle pensa à Michelle et à Angus, et à sa vie en Australie.

— Des tas de choses me manquent. C'est difficile de tout perdre du jour au lendemain.

Elle leva vers Leonidas un regard plein de compassion.

— Comme tu le sais.

Une lueur menaçante s'alluma dans les yeux noirs fixés sur elle. Un avertissement. « Ne t'aventure pas sur ce terrain. »

— Qui était l'autre femme ? demanda-t-il.

— C'est ça qui a été vraiment dur.

— Plus dur que le simple fait que ton fiancé te trompe ?

— Oui.

— Qui était-ce ?

Elle inspira profondément.

— Ma cousine, Michelle. C'était plus une sœur, en réalité. Après la mort de mes parents, je suis allée vivre chez mon oncle et ma tante. Et leur fille, Michelle.

— *Christos.*

— Oui.

Elle eut un petit rire amer.

— J'étais anéantie.

Le reconnaître faisait un bien fou, constata-t-elle avec surprise. Mais il est vrai qu'elle n'en avait parlé à personne. C'était la première fois qu'elle prononçait les mots.

— Cet après-midi-là j'ai tout perdu.

— Qu'ont dit ton oncle et ta tante ?

Submergée par une honte ridicule, elle eut soudain du mal à soutenir le regard de Leonidas. Elle restait marquée au fer rouge par cet après-midi horrible.

— Ça ne t'ennuie pas si nous n'entrons pas dans ce genre de détails ?

La surprise se peignit fugitivement sur le visage de Leonidas, et il recula d'un pas.

— Bien sûr que non.

Il indiqua la table.

— Assieds-toi. Il y a beaucoup de choses dont nous devons discuter.

7.

— Dans quoi travaillais-tu à Londres ?

Hannah but une gorgée de jus de fruits en pensant à son patron avec un vif sentiment de culpabilité. Dire qu'elle allait laisser Fergus en plan…

— Je suis secrétaire juridique.

— Depuis longtemps ?

— Depuis que j'ai quitté le lycée. Mon oncle et ma tante vivaient dans une petite ville. Le choix était limité en matière d'emploi. J'aurais aimé aller à l'université, mais je n'avais pas les moyens. Il aurait fallu que je déménage et que je trouve un logement. Même si j'avais obtenu une bourse ça n'aurait pas suffi pour payer le loyer et les frais d'inscription.

— Tes parents ne t'ont rien laissé ?

Elle perçut une note réprobatrice dans la voix de Leonidas et elle fut aussitôt sur la défensive.

— Si, un peu. Chaque année mon oncle et ma tante prélevaient une partie de la somme, et je ne peux pas disposer du reste avant mes vingt-cinq ans.

Il se raidit imperceptiblement.

— Ton oncle et ta tante se servaient dans ton héritage ?

— Ils prenaient l'argent nécessaire pour couvrir les frais liés à ma présence chez eux.

Il eut une moue méprisante.

— Tu trouves ça anormal ?

Il hésita, pesant visiblement ses mots. Elle le connaissait à peine, mais elle eut le sentiment très net qu'il n'était pas dans ses habitudes de prendre des précautions quand il avait quelque chose à dire.

— Oui, finit-il par répondre. Avaient-ils des problèmes d'argent ?

Elle répéta la phrase qu'on lui avait dite si souvent :

— Une personne supplémentaire ça fait des frais supplémentaires.

Il l'étudia d'un air songeur pendant un instant, mais à son grand soulagement il n'insista pas. Elle n'aimait pas parler de ça. Et elle n'avait pas non plus envie d'y penser. Adolescente elle avait réussi à ignorer ses doutes, mais avec le temps elle avait été obligée de se rendre à l'évidence. L'attitude de son oncle et de sa tante à son égard laissait beaucoup à désirer. Même si elle avait tendance à vouloir les défendre, ça ne changeait rien à la réalité. Ils se comportaient comme si elle était un poids pour eux. Mais l'avouer à Leonidas était trop difficile.

— Tu savais quelles études tu voulais faire ?

Elle se détendit.

— Oh ! oui.

Leonidas ne la quittait pas des yeux. Des yeux de jais bordés d'épais cils noirs, splendides, au regard si intense qu'elle avait beaucoup de mal à se concentrer.

— Suis-je censé deviner ?

Elle sentit ses joues s'enflammer.

— Je voulais devenir avocate. Les études de droit sont longues et coûtent cher. Les livres à eux seuls auraient ruiné mon oncle et ma tante.

Elle sourit comme si c'était une plaisanterie.

— À défaut, le mieux était de devenir secrétaire juridique. Il y avait une étude de notaire dans une ville voisine, à une demi-heure en voiture. Angus y travaillait.

Elle s'éclaircit la voix et but une gorgée de jus d'orange.

— C'est là que nous nous sommes rencontrés.

— Je vois.

— J'aimais travailler là-bas et je suis douée pour ça,

ajouta-t-elle avec une pointe de fierté. Alors peut-être que finalement tout est pour le mieux.

— Je ne peux pas dire que je sois d'accord, commenta Leonidas après un silence. Cependant, plus rien ne t'empêche de préparer un diplôme de droit. Tu vivras ici, sur cette île, mais dans beaucoup d'universités il est possible de préparer des diplômes à distance. Tu pourrais commencer le semestre prochain.

Elle ouvrit de grands yeux.

— Cette île est très belle, dit-elle en tentant d'imaginer l'avenir. Mais très isolée.

— Oui. C'est intentionnel.

Elle hocha la tête. Bien sûr. Après ce qui était arrivé à sa femme et à son fils, il était normal que la sécurité devienne une priorité pour lui. Néanmoins, la perspective de rester bloquée sur cette île ne l'enthousiasmait pas… Mais ils venaient tout juste d'arriver. Elle avait le temps de trouver son rythme et de s'adapter à sa nouvelle vie.

— J'ai toujours très envie de faire des études de droit, mais je vais être très occupée pendant un certain temps…

— Ce n'est pas parce que tu vas avoir un bébé que tu dois renoncer à ton rêve. Tu disposeras de toute l'aide dont tu auras besoin. Et je serai disponible également. C'est *notre* fille. Pas un fardeau que tu dois porter seule.

Cette marque inattendue de confiance et de soutien la toucha profondément et l'incita à se confier davantage.

— Je suis nerveuse, Leonidas. La perspective de devenir mère me terrifie.

— Pourquoi ?

— Pourquoi ? Parce que je n'ai aucune expérience. Je ne sais pas du tout comment il faut s'y prendre ni si je serai à la hauteur. C'est un *bébé* dont je vais devoir m'occuper. Et je n'ai même jamais eu d'animal de compagnie…

À sa grande surprise, Leonidas laissa échapper un petit rire étranglé.

— Je serais toi, je ne m'inquiéterais pas pour ça. Un bébé n'a rien à voir avec un animal de compagnie.

— Tu comprends ce que je veux dire. Je n'ai jamais été responsable d'un être vivant qui dépende entièrement de moi.

À peine eut-elle terminé sa phrase qu'elle se maudit. Comment avait-elle pu être aussi maladroite ?

— Je suis désolée.

Elle se pencha en avant pour poser la main sur celle de Leonidas, dont les traits se crispèrent encore davantage.

— Inutile de t'excuser. Je comprends ce que tu veux dire. Que tu sois nerveuse est parfaitement normal. Il faut juste avoir confiance et te dire que tu sauras comment t'y prendre une fois que notre bébé sera né.

— Et tu as de l'expérience, dit-elle avec circonspection.

— Oui.

Il posa sa serviette sur la table et termina son verre de vin. Puis il se leva et ajouta :

— Marina te conduira à ta chambre quand tu auras fini de manger. Demain matin, une styliste viendra te proposer des tenues et prendre ta commande. Ensuite, un bijoutier te montrera des bagues, parmi lesquelles tu choisiras celle qui te plaît.

Saisie par ce brusque changement d'humeur, elle déglutit péniblement. D'accord, il n'avait pas envie d'évoquer sa femme et son fils, mais une telle froideur, tout à coup…

— Leonidas…

Que dire ? Elle n'en avait aucune idée, mais elle ne voulait pas qu'il s'en aille comme ça.

— Je ne peux pas faire comme si tu n'avais pas eu une famille avant ce mariage. Je comprends que tu n'aies pas envie d'en parler, mais je ne pourrai pas éviter le sujet éternellement. Tu as eu un fils, et je suis enceinte de ta fille. Tu ne penses pas qu'il serait naturel de parler de lui, de temps en temps ?

— Non.

Il enfonça les mains dans ses poches et regarda vers la mer. Son visage exprimait une telle souffrance qu'elle se leva et le rejoignit.

— Je n'ai pas envie d'insister. Je veux juste te dire, ayant moi-même refoulé des tas de choses pendant longtemps, que ce n'est pas sain.

Elle effleura sa joue. Il tressaillit et lui lança un regard plein d'hostilité. Une hostilité qui confirmait la profondeur de sa détresse… Elle était bien placée pour le comprendre.

— Si je comprends bien tu es experte en matière de deuil, dit-il avec agressivité.

— Malheureusement, oui.

— Ne compare pas ce que nous avons vécu. Perdre ses parents est insupportable, je le comprends et je suis désolé pour toi. Tu étais encore une enfant, et ton enfance a été brutalement interrompue. Mais, en ce qui me concerne, j'ai causé la mort de ma femme et de mon fils. Aussi sûrement que si je les avais assassinés moi-même. Ne t'imagine pas que tu as la moindre idée de ce que je peux ressentir.

Hannah dormit de façon intermittente. Mais quoi de surprenant à cela ? Comment oublier ce que lui avait dit Leonidas juste avant de quitter la terrasse ? Ses paroles résonnaient sans fin dans son esprit et elles lui brisaient le cœur. Vivre avec un sentiment de culpabilité aussi écrasant devait être insupportable. Mais, si elle avait un sommeil aussi agité, ce n'était pas seulement dû à sa compassion pour l'homme qu'elle allait épouser. Les causes étaient multiples. Doute. Nervosité. Peur. Stress. Et quelque chose d'encore plus perturbant. Quelque chose qui faisait se hérisser la pointe de ses seins contre la chemise que Leonidas lui avait prêtée pour la nuit, qui faisait naître une chaleur intense au creux de ses reins. Juste avant l'aube, elle renonça à chercher le sommeil. Elle se leva et se dirigea vers la fenêtre qui donnait sur la mer.

Ce qui l'empêchait de dormir, c'étaient des souvenirs de la seule nuit qu'ils avaient passée ensemble et des fantasmes de toutes celles à venir.

Sur la plage l'obscurité commençait à céder lentement

la place à la lumière, comme à contrecœur. C'était le moment de la journée qu'elle préférait, quand l'air lui-même semblait plein de magie et de promesses. Elle n'avait que les vêtements qu'elle avait portés la veille et la chemise dans laquelle elle avait dormi. Celle-ci était beaucoup trop grande, même avec son ventre rond, mais elle avait l'avantage d'être confortable et de ne dévoiler que ses jambes. De toute façon, c'était une île privée. Qui pouvait la voir ?

Après avoir bu un verre d'eau dans la cuisine, elle déverrouilla la porte de la villa et sortit. Inspirant profondément l'air marin, elle fut soudain assaillie par une bouffée d'euphorie. Un peu comme quand à six ou sept ans ses parents l'avaient emmenée pour la première fois en vacances. Ils étaient allés dans la station balnéaire de Noosa, dans le Queensland. Elle s'était réveillée tôt et elle avait regardé les vagues déferler sur le sable. La lune n'avait pas encore tout à fait disparu et elle avait ressenti la même allégresse. La mer avait quelque chose de primitif et de vivifiant. C'était d'autant plus vrai sur cette île que la côte était particulièrement préservée.

Sans l'avoir vraiment décidé, elle se dirigea vers la plage et savoura le contact du sable sous ses pieds nus. Elle s'immobilisa au bord de l'eau. Ici, pas de gros rouleaux comme à Noosa. Juste des vaguelettes qui léchaient le sable en douceur. La fraîcheur de l'eau qui recouvrait ses pieds à intervalles réguliers était délicieuse.

Elle aurait pu rester là toute la journée, hypnotisée par la mer, si elle n'avait pas été arrachée à sa contemplation par un bruit de galopade sur sa gauche. Leonidas, écouteurs dans les oreilles et regard baissé sur le sable, arrivait en courant dans sa direction. Elle eut tout juste le temps de s'écarter de son passage. Sentant une présence, il tressaillit, leva la tête et laissa échapper un juron. Il enleva ses écouteurs et les laissa pendre autour de son cou.

L'attention de Hannah fut aussitôt détournée de son visage vers son corps. Il était vêtu d'un short et d'un T-shirt humide de sueur, qui moulait ses pectoraux. Sans en avoir conscience elle recula d'un pas. Non pour prendre ses distances, mais pour mieux le voir. Sa tante lui aurait dit qu'il était mal élevé de regarder les gens fixement, mais c'était plus fort qu'elle.

Ses jambes musclées couvertes de poils noirs semblaient capables de courir plus d'un marathon, mais les images qu'elles faisaient naître dans son esprit étaient d'une tout autre nature. Il la renversait sur le sable, prenait place entre ses cuisses, et... La gorge sèche, elle n'entendait plus le murmure des vagues. Il était recouvert par le martèlement du sang qui battait à ses tempes. Elle leva les yeux vers son short. Celui-ci ne révélait rien de son sexe. À sa grande déception. Elle mourait d'envie de le voir de nouveau nu. Devant elle, dans la vraie vie. Pas dans ses rêves.

Elle leva encore les yeux, se préparant à affronter un regard sarcastique. Mais Leonidas n'avait pas conscience qu'elle le dévorait des yeux, et la lueur qui brillait dans son regard n'avait rien de sarcastique. Pour la bonne raison qu'il était lui-même en train de la détailler. Elle fut envahie par une vive chaleur, tandis que les prunelles noires remontaient le long de ses jambes, s'attardaient sur ses seins, puis s'immobilisaient sur ses lèvres. Celles-ci s'entrouvrirent d'elles-mêmes. Pourvu qu'il l'embrasse... Pourvu qu'il l'embrasse et qu'il la renverse sur le sable...

Voyant qu'il ne bougeait pas, elle fit un pas en avant. Peu importait qui prenait l'initiative. Il fallait que leurs épidermes se touchent de nouveau. Il tressaillit et leva vivement les yeux. Le désir qu'elle y lut la fit vaciller sur ses jambes. Il eut un grognement étouffé, mais resta immobile. Elle s'approcha encore de lui en le défiant du regard. *Arrête-moi si tu l'oses.*

Il ne l'arrêta pas.

Encore un pas et leurs corps entrèrent en contact, comme le premier soir dans le bar quand le destin les avait jetés l'un contre l'autre. L'air se chargea d'électricité comme si un orage se préparait. Elle se hissa sur la pointe des pieds, sentit son sexe durci contre son ventre et laissa échapper un gémissement.

— Hannah.

La voix rauque de Leonidas n'exprimait ni une demande ni une capitulation. Il avait prononcé son prénom comme s'il ne pouvait pas faire autrement. Elle l'embrassa avec voracité.

Il resta immobile. Complètement immobile. Elle lécha ses lèvres du bout de la langue. Après une infime hésitation, il enfonça les doigts dans ses cheveux et lui rendit son baiser avec une passion empreinte de folie, comme le soir de leur rencontre. Elle ne sut jamais qui des deux renversa l'autre sur le sable, mais tout à coup elle fut en train de vivre son fantasme. Sans interrompre son baiser, il releva sa chemise et lui enleva sa culotte. Puis il se débarrassa de son short et plongea le regard dans le sien.

— Je m'étais promis que nous ne ferions pas ça, dit-il d'une voix tourmentée.

— Pourquoi ?

Pour toute réponse il entra en elle, lui arrachant un gémissement de pure félicité. Cinq mois… Il y avait cinq mois que son corps était privé du sien… Elle creusa les reins pour mieux l'accueillir, et il s'enfonça au plus profond d'elle, le regard toujours plongé dans le sien.

— Quel est cet effet que tu me fais ? murmura-t-il d'une voix rauque.

Puis il ajouta quelque chose en grec, et la sonorité exotique de ces mots fit courir des frissons délicieux le long de son épine dorsale.

— Je ne sais pas, mais tu me fais le même, répliqua-t-elle en remontant son T-shirt sur ses épaules pour mieux lui caresser le dos.

Il s'en débarrassa avec des gestes vifs et se retrouva entièrement nu. Elle avait envie de le regarder, d'admirer son corps pendant qu'il lui faisait l'amour, mais elle fut incapable de formuler sa demande. Il l'emportait déjà dans un tourbillon de passion qui la priva de l'usage de la parole.

— *Christos*…

Il scrutait son visage comme s'il était face à un mystère insondable.

— Qui es-tu ?

Que dire ? Elle était incapable de répondre à cette question… Mais de toute évidence il n'attendait pas de réponse. Il s'empara de nouveau de sa bouche tout en accélérant le rythme de ses coups de reins. Bientôt elle fut balayée par une vague de plaisir aussi puissante que celles qui l'avaient fascinée enfant, à Noosa. Elle cria son nom et elle eut vaguement conscience de son regard fixé sur elle, attentif à tous les signes de la tempête qui faisait rage dans son corps. Quand elle rouvrit les yeux, tout étourdie et désorientée, il l'embrassa avec ferveur comme s'il sentait qu'elle en avait besoin. Puis il l'entraîna dans une nouvelle valse folle, jusqu'à ce qu'elle s'abîme de nouveau dans un gouffre sans fond en hurlant son nom. Répondant à son appel il la rejoignit aussitôt, mêlant sa jouissance à la sienne.

Haletante et comblée, elle reprit peu à peu son souffle en savourant le poids de son corps sur le sien et la douceur de sa peau sous ses doigts. Mais très vite il roula sur le dos à côté d'elle, les yeux levés vers le ciel.

— *Christos*… Qu'es-tu exactement ?

Il tourna la tête et la regarda d'un air à la fois perplexe et résigné.

— Que veux-tu dire ?

Il tendit la main et saisit une mèche de ses cheveux, qu'il enroula autour de ses doigts.

— Es-tu réelle ?

Elle arqua un sourcil et se redressa sur un coude en souriant.

— Je suis à peu près certaine que oui.

Il ne lui rendit pas son sourire.

— Je m'étais juré que nous ne ferions pas ça.

Elle soupira.

— Tu me l'as déjà dit. Je t'ai entendu. Mais ça n'a aucun sens.

— Pendant quatre ans toutes les femmes du monde m'ont laissé froid. Pendant quatre ans je suis resté chaste. Et puis tu as surgi…

Elle mit quelques secondes à comprendre.

— Tu veux dire qu'il n'y a eu personne depuis la mort d'Amy ?

Il secoua la tête, le visage fermé.

— Non.

— Pourquoi ? demanda-t-elle, le cœur serré.

— Des tas de raisons.

Il recommença à jouer avec ses cheveux.

— J'aimais résister à la tentation, être seul. Et puis je t'ai vue, et il y a eu une étincelle. Comme si tu étais une sorte d'ange – ou de démon – envoyé pour me soumettre à la tentation alors que je sais que c'est mal d'y succomber. Pendant quatre ans j'ai fait preuve d'une volonté de fer, et toi tu me la fais perdre complètement.

Hannah déglutit péniblement. Était-elle flattée ou blessée ? Un peu des deux, sans doute.

— Pourquoi est-ce mal ?

Il se leva. Comme la veille au soir quand elle avait essayé d'aborder des sujets tabous. Mais cette fois, pas question de le laisser s'esquiver.

— Je suis sérieuse, Leonidas. *Pourquoi* est-ce mal ?

8.

Elle attendit. Attendit encore. Avait-il décidé de ne pas lui répondre ? Il restait debout sur le sable, nu, face à la mer. Elle se leva et se plaça en face de lui pour pouvoir le regarder dans les yeux. Il resta silencieux.

— Je n'ai pas beaucoup d'expérience, mais je sais que je n'ai pas envie de renoncer à cette chose entre nous. C'est trop fantastique.

Il crispa la mâchoire, la mine sombre.

— Il n'aurait jamais rien dû se passer entre nous.

— Ni toi ni moi ne l'avons prémédité, mais ça ne veut pas dire que c'était mal.

Il darda sur elle un regard impossible à interpréter.

— Tu es très jeune.

Cette déclaration sonna comme une critique.

— J'ai vingt-trois ans.

— Oui, mais tu as été très protégée. Tu mérites mieux que ça, ajouta-t-il en prenant son visage entre les mains.

— Mieux que le mariage avec toi ?

— Mieux qu'une vie entière avec moi. Je ne suis pas l'homme que tu veux que je sois.

— C'est-à-dire ?

— Un homme sans passé, répliqua-t-il en se tournant pour ramasser son short.

— Tu te trompes. Je sais que tu as un passé, tout comme moi. Mais je ne t'épouserai pas si c'est pour vivre avec un mur de briques. Je ne me marierai pas si je n'ai aucun espoir d'avoir un mari qui soit un homme bien vivant.

Il se retourna vers elle, l'air morne.

— Et pour toi ça se résume au sexe ?

Elle se mordit la lèvre. Ce n'était pas ce qu'elle avait voulu dire, mais d'un autre côté c'était un début. Ce qu'ils partageaient sur le plan sexuel était une véritable forme d'intimité. Il n'était pas nécessaire d'avoir une grande expérience pour le savoir. Elle le voyait dans ses yeux quand il la tenait dans ses bras. Elle sentait que ce qu'ils partageaient n'était pas courant. Il tentait de lutter contre cette force qui les poussait l'un vers l'autre, et elle savait pourquoi. Une entente sexuelle aussi exceptionnelle devait sûrement contribuer à créer des liens encore plus étroits. Avec Angus elle avait fait le raisonnement inverse. Elle avait espéré que leur amitié favoriserait des rapports physiques satisfaisants. Ça aurait peut-être été le cas, mais ils n'auraient jamais connu une telle passion. Jamais. Une entente aussi parfaite ne pouvait pas être le fruit d'un apprentissage. Elle découlait d'une attirance irraisonnée, immédiate et incontrôlable entre deux personnes.

Elle le défia du regard.

— Oui. Je ne vivrai pas ici comme une prisonnière dans une cage dorée. Cette île est splendide, mais il me sera impossible d'y vivre si tu me tiens à distance.

— Tu trouves que je te tiens à distance ?

— Non, mais tu en as envie. Tu veux lutter contre cette attirance, pas la cultiver.

Elle avait raison, comprit-elle quand il pinça les lèvres sans insister.

— Et je ne resterai pas si tu persistes dans cette voie.

Elle releva le menton. Certes, en choisissant de vivre ailleurs elle prendrait un risque. Après tout, sa femme et son fils avaient été assassinés. C'était une réalité qu'il valait mieux ne pas oublier. Mais rester présenterait un autre risque. Celui de vivre avec un homme déterminé à la tenir à distance. Et s'il adoptait la même attitude envers sa fille ? Et si après sa naissance il ne faisait aucun effort pour nouer des liens avec elle ?

— Et comment comptes-tu partir ? Tu oublies que je suis pratiquement le seul à pouvoir accéder à cette île.

Elle resta un instant sans voix.

— Tu me menaces de me retenir prisonnière ?

— Non.

Il passa la main dans ses cheveux en soupirant.

— *Christos*, Hannah. Tu ne peux pas quitter l'île.

— Jamais ?

— Pas toute seule. J'ai fait preuve d'imprudence autrefois, je ne peux plus prendre le moindre risque.

L'indignation de Hannah fit place à la compassion.

— Je suis vraiment navrée que tu les aies perdus. Mais je refuse d'être prisonnière de tes angoisses.

— Elles devraient être également les tiennes.

— Je veux protéger notre fille, bien sûr. Je sais que je ne peux pas vivre toute seule n'importe où, mais je ne peux pas non plus rester en permanence dans cette prison dorée. Il faut que nous trouvions un juste milieu.

— Je ne peux pas accepter ça.

— Pourquoi ? s'exclama-t-elle en mettant les poings sur ses hanches.

— Tu ne peux pas imaginer ce que c'est… Recevoir cet appel, voir leur corps…

Il s'interrompit en secouant la tête. La gorge nouée, elle posa la main sur son torse.

— Je ne peux pas l'imaginer, tu as raison.

— Après leur mort je m'étais promis de rester célibataire jusqu'à la fin de ma vie. Je ne voulais pas ça. Je sais que nous n'aurions pas dû coucher ensemble. J'ai été très égoïste, mais j'ai fait attention. J'ai tout fait pour que ça n'arrive pas. Je ne voulais pas de cette situation. Tu ne devrais pas être obligée de vivre dans cette… comment as-tu dit ? Prison dorée ? À cause de moi.

Elle resta muette, incapable d'émettre un son. Depuis quand tenait-elle à lui au point d'être aussi blessée par ses paroles ?

— Mais tu n'as pas le choix, poursuivit-il. Tu peux

sûrement le comprendre ? Je ne peux pas prendre le risque qu'il vous arrive quelque chose, à toi et à elle.

Il posa la main sur le ventre de Hannah et plongea le regard dans le sien.

— Laisse-moi vous protéger toutes les deux. S'il te plaît.

— Je te comprends. Mais c'est de ma vie que nous parlons.

— Je le sais.

— Je veux t'épouser. Je sais que c'est la décision la plus sage. Quand mes parents sont morts, j'ai tout perdu. Notre maison, mon quartier, mon école, mes amis. Je suis allée vivre ailleurs et j'étais très malheureuse. Je ne veux pas que notre fille se retrouve dans ce genre de situation. Je veux qu'elle grandisse entre ses deux parents, deux personnes qui l'aimeront et la protégeront.

« Et au fur et à mesure qu'elle grandira nous réunirons autour d'elle d'autres personnes qui l'aimeront. Afin que, s'il nous arrivait quelque chose et qu'elle restait seule, elle soit quand même entourée. Tu comprends, Leonidas. Je tiens autant que toi à son bien-être et à sa sécurité. Mais, pour moi, une des pires choses que nous pourrions lui faire serait de l'isoler. De la garder hors du monde extérieur et de l'empêcher de connaître d'autres gens que nous. Elle mérite de vivre une vie normale.

— Comment se fait-il que tu aies été envoyée chez ton oncle et ta tante ?

— Il n'y avait personne d'autre.

— Et tu ne les connaissais pas bien ?

— Non. Je ne les avais vus que deux ou trois fois. Ils n'étaient pas proches de mes parents.

Leonidas prit le visage de Hannah entre ses mains.

— Tu étais très malheureuse chez eux ?

Elle plissa le front. Penser à sa vie dans ces termes ne lui plaisait pas. Elle détestait se sentir victime. Et pourtant, que dire ? Oui, elle avait été malheureuse. Mais, à présent qu'elle était à l'autre bout du monde et libérée des remarques acerbes de sa tante, elle avait conscience du poids énorme qu'elle avait dû représenter pour eux.

— Je n'étais pas heureuse. Je ne suis pas certaine que ma tante m'aimait, ni même qu'elle m'aimait bien.

Leonidas scruta son visage, mais il ne dit rien.

— J'ai passé plus de dix ans avec des gens qui s'occupaient de moi par obligation. Ma présence leur pesait, et ils auraient préféré que je ne sois pas là. Je ne veux plus jamais vivre ça. Nous n'avons pas souhaité cette situation, mais ça ne veut pas dire que nous ne pouvons pas faire en sorte que ce mariage fonctionne.

Il continua de garder le silence.

— Il y a moins de six mois, je me suis fiancée. J'avais planifié ma vie, et il n'était pas du tout prévu qu'elle ressemble à ce qu'elle est aujourd'hui. Je ne suis pas naïve. S'il m'est arrivé à une époque de croire aux contes de fées, j'ai eu plus d'une occasion de vérifier qu'ils n'avaient rien à voir avec la réalité. Notre situation n'est pas parfaite, mais elle n'est pas complètement négative non plus. Notre mariage peut être autre chose qu'un simple arrangement. Il faut juste que nous ayons le courage d'essayer.

Il tourna les yeux vers la mer, le visage fermé.

— Je veux que tu sois en sécurité, et aussi que tu sois heureuse, Hannah. Je veux offrir à notre fille la meilleure vie possible. Mais il faut que tu arrêtes d'attendre autre chose de moi. Tu dis que tu ne crois plus aux contes de fées ? Alors ne me vois pas comme une sorte de prince charmant. Nous sommes juste deux personnes prises au piège après une aventure d'une nuit. Rien de plus.

9.

Hannah regarda le coffret tapissé de velours noir avec incrédulité, tandis que le bijoutier l'observait en souriant. Plus tôt dans la journée, une styliste était arrivée sur l'île chargée de valises de vêtements. Robes, jeans, T-shirts, maillots de bain, lingerie. Tout ce dont la femme de Leonidas Stathakis pouvait avoir besoin. La jeune femme était restée pendant des heures, à prendre ses mesures et à discuter de ses goûts – en particulier pour la robe de mariée —, avant de repartir. Pendant ce temps, des domestiques avaient vidé les valises pour ranger leur contenu dans la chambre qu'elle utilisait. « Sa chambre ». Elle se demandait pourtant si elle parviendrait un jour à la considérer comme telle.

Un médecin était également venu l'examiner. Il lui avait prescrit un nouveau régime riche en vitamines et lui avait promis de revenir tous les quinze jours pour des visites de contrôle. Ensuite, Mme Chrisohoidis avait tenu à en savoir plus sur ses goûts culinaires, ses fleurs préférées et les souhaits qu'elle pourrait avoir en ce qui concernait la tenue de la maison.

Vêtue d'une robe blanche toute simple choisie dans sa nouvelle garde-robe, les cheveux relevés en chignon, elle contemplait la douzaine de bagues rangées dans le coffret ouvert devant elle. Que dire ? Le sourire du bijoutier indiquait clairement qu'il la prenait pour une jeune fiancée en train de vivre un conte de fées, ce qui était très gênant. Et la présence de Leonidas dans la pièce, plus distant que jamais mais aussi séduisant qu'un prince charmant, ne l'aidait pas à se concentrer.

— Juste quelque chose de simple, murmura-t-elle.

Sauf que toutes ces bagues étaient beaucoup trop grosses…

— Peut-être celle-ci ? suggéra-t-elle en indiquant la plus petite.

— Ah ! elle est très belle, approuva le bijoutier.

Il la sortit du coffret et la lui tendit.

— Essayez-la.

Non ! Elle n'avait pas du tout envie de choisir sa bague de fiançailles. Ça semblait si incongru… Ce n'était pas un conte de fées, et Leonidas n'était pas le prince charmant, comme il l'avait bien précisé. « Nous sommes juste deux personnes prises au piège après une aventure d'une nuit. »

Avec le sentiment de commettre une imposture, elle glissa la bague à son doigt. Celle-ci lui allait parfaitement. Elle la regarda, et des larmes lui piquèrent les yeux. Allons bon ! Elle s'efforça de les refouler et de prendre un air ébloui.

— Elle est très belle.

Leonidas s'approcha, et elle leva les yeux vers lui en demandant :

— Tu ne trouves pas ?

Il soutint son regard, et ce fut comme s'ils étaient de nouveau sur la plage, en train de faire l'amour sur le sable.

— Oui, elle est belle, répliqua-t-il d'un ton étrangement hésitant. Mais tu n'es pas obligée de te décider tout de suite.

— Bien sûr que non, acquiesça le bijoutier. Je peux laisser le coffret si vous souhaitez les essayer toutes et les porter un moment ?

Elle fut prise de vertige. Chaque bague comportait au moins un diamant de dix carats. Combien valait le coffret entier ? Elle n'avait aucune envie de tergiverser pendant une semaine avant de choisir l'énorme diamant qu'elle allait porter. Tout ce qu'elle voulait c'était que le bijoutier s'en aille. Que Leonidas s'en aille. « Nous sommes juste deux personnes prises au piège après une aventure d'une nuit. » Il avait raison, bien sûr. Mais tout en elle se rebellait contre cette description.

— Non, ce n'est pas la peine. Celle-ci sera très bien.

Leonidas avait-il senti qu'elle voulait être seule ? Il hocha la tête en disant :

— Très bien. Merci d'être venu, monsieur Carter.

Le bijoutier s'en alla. Depuis le salon elle regarda l'hélicoptère qui le reconduisait sur le continent s'élever dans le ciel de la fin d'après-midi. La journée avait été très chaude, et elle avait un début de migraine. Ce dont elle avait besoin à présent c'était de se détendre. De préférence dans la piscine qu'elle avait repérée au cours de son exploration…

— Greg Hassan doit venir te voir aujourd'hui, annonça Leonidas en revenant dans la pièce.

Elle sentit sa migraine s'intensifier et ne parvint pas à masquer sa lassitude.

— Qui ?

— Le chef de la sécurité chez Stathakis.

— Pourquoi dois-je le voir ?

— Il y a des protocoles que tu dois apprendre.

— Je croyais que tu avais dit que cette île était loin du continent et inaccessible.

— Cette île est sûre, *sigoura*. Mais il y a quand même des protocoles à connaître. Le risque zéro n'existe pas.

Elle déglutit péniblement. L'angoisse de Leonidas était glaçante. Mais elle était également très triste. Il semblait si tendu… Elle aimerait pouvoir le rassurer, lui dire que tout allait bien se passer.

— Tu ne peux pas m'expliquer toi-même ce truc de sécurité ?

— Il faut que tu noues une relation avec Greg. C'est lui qui supervisera tes déplacements et ceux de notre fille. Il s'occupera également de sa sécurité particulière quand elle sera grande.

Elle fut assaillie par une bouffée de panique. C'était trop…

— Ça ne t'ennuie pas que nous ne parlions pas de ça tout de suite ?

— Ta sécurité est importante.

— Je sais. C'est juste que… Pour être franche, je suis épuisée.

Une lueur d'inquiétude s'alluma dans les yeux de Leonidas.

— Bien sûr. La journée a été chargée. Et dans ton état…

Elle eut un sourire contraint.

— Ça fait beaucoup de choses à la fois. Je voudrais nager un peu et faire le vide dans mon esprit.

— Très bien. Je vais demander à Marina de te préparer un dîner léger.

— Merci.

Elle ne revit pas Leonidas, ce soir-là. Elle se rendit à la piscine et savoura la caresse de l'eau fraîche sur sa peau. Puis elle mangea le dîner que lui avait préparé Mme Chrisohoidis. Un petit plat de pâtes et des fruits, le tout arrosé d'eau. À sa grande surprise elle dormit profondément. Quand elle se réveilla le soleil brillait, le ciel était lumineux, et tout semblait plus calme. Elle eut le sentiment qu'elle pouvait tout affronter.

Elle prit une longue douche bienfaisante, puis elle mit un short et une chemise. Son ventre gargouilla, et elle posa la main dessus inconsciemment en souriant. Après avoir bu un café et mangé des pâtisseries, elle envisageait d'aller marcher sur la plage quand Leonidas apparut, en short et T-shirt comme la veille. Il n'était pas seul.

— Hannah, dit-il en hochant la tête. Je te présente Greg Hassan.

Contrairement à ce qu'elle s'était imaginé, le chef de la sécurité n'était pas un hercule. Greg Hassan était petit et mince, avec la peau claire et les yeux bleus. Ses cheveux, qui avaient dû être blonds, s'éclaircissaient sur le dessus du crâne. Il lui tendit la main en souriant.

— Mademoiselle May, ça ne prendra pas très longtemps.

Ça dura plusieurs heures.

Lorsqu'il partit, vers midi, elle avait de nouveau un début de migraine et l'impression que sa tête était passée à la machine à laver. L'île était équipée d'un système de sécurité à la pointe de la technologie. Il y avait un signal d'alarme dans chaque pièce, et une alarme spécifique se déclenchait au moindre mouvement suspect dans les airs. Ce qui incluait le vol de drones, que certains paparazzi avaient tenté d'envoyer pour prendre des photos.

— Quand vous voyagerez, vous serez accompagnée d'une équipe de quatre gardes du corps, avait poursuivi Greg. Dont un qui restera en permanence avec vous et un autre avec votre fille.

Il avait eu un sourire rassurant comme si c'était une bonne nouvelle, alors qu'elle avait l'impression qu'on lui maintenait la tête sous l'eau. Elle se noyait, et c'était très désagréable.

— Autant que possible, nous organiserons vos déplacements à l'avance. Si vous souhaitez vous rendre en Australie, par exemple, pour voir votre famille, nous enverrons une équipe sur place pour préparer votre arrivée. Quand votre fille commencera l'école, je suppose que vous déménagerez sur le continent.

À ce moment-là, Leonidas était intervenu pour dire que rien n'avait encore été décidé. Greg avait repris en précisant que si leur fille allait à l'école à Athènes ou dans une grande ville, l'établissement serait sécurisé, et elle porterait une montre dotée d'une alarme intégrée.

Des tas de questions avaient surgi dans l'esprit de Hannah, mais elle n'avait pas voulu les poser devant le chef de la sécurité. Leonidas avait raccompagné Greg Hassan jusqu'à l'hélicoptère, puis il avait disparu dans son bureau, la laissant avec un million de doutes. Ayant décidé de s'occuper, elle avait commencé par appeler son patron, Fergus, pour l'informer de sa décision. Puis elle avait envoyé un mail à sa tante pour lui annoncer par politesse qu'elle était enceinte et sur le point de se marier. Elle avait pris soin de ne pas entrer dans les détails – en particulier l'identité du futur marié. Elle avait ensuite envoyé un texto à ses colocataires pour leur dire qu'elle ne reviendrait pas, mais qu'elle payerait le loyer jusqu'à ce qu'elles aient trouvé quelqu'un d'autre.

Elle n'avait pas revu Leonidas avant le soir. Elle regardait le coucher du soleil sur la terrasse, fascinée par le spectacle et consciente d'être déjà très attachée à cet endroit, quand elle l'avait entendu arriver. Il s'était approché tout près d'elle, et quand elle s'était tournée vers lui elle avait rencontré son regard. Mais il l'avait aussitôt détourné et l'avait fixé sur la mer. Dans le silence qui s'était prolongé, elle avait eu du mal à surmonter son trouble. Quand les premières étoiles avaient scintillé dans le ciel, les questions qu'elle s'était posées au cours de la réunion du matin lui étaient revenues en mémoire.

— Tu ne voyages pas avec un garde du corps.

— Si, toujours, répliqua-t-il.

— Pas le soir du nouvel an. Je n'ai vu personne…

— Mon hôtel est une forteresse lorsque j'y séjourne, coupa-t-il en se tournant vers elle. Des gardes du corps auraient été superflus.

— Était-ce déjà comme ça avant l'accident ?

— Ce n'était pas un accident.

— Avant que tu les perdes.

— Encore un euphémisme ? Peut-être que si nous employons le terme exact – meurtre – tu accepteras plus facilement les mesures de sécurité.

Elle n'en était pas certaine, mais elle garda le silence.

— Pour répondre à ta question, non. Avant qu'ils soient tués j'étais stupide et négligent en ce qui concernait leur sécurité. J'étais arrogant. Malgré les relations de mon père, je nous croyais invincibles, mon entourage et moi.

Elle se rapprocha de lui, le cœur serré.

— Est-ce que ça ne vaut pas mieux que de vivre avec la peur ?

— Vivre avec la peur aurait peut-être permis de les garder en vie.

— Tu n'en sais rien.

— Je sais qu'ils n'auraient jamais dû se promener dans les rues.

Il crispa la mâchoire.

— Et que toi et notre fille vous ne serez jamais exposées à ce genre de risque…

Allons bon, elle avait de nouveau l'impression de se noyer… Elle s'appliqua à respirer lentement. Comprendre pourquoi il réagissait ainsi était facile. Elle pouvait imaginer sa souffrance et son sentiment de culpabilité. Ce qu'elle ne pouvait pas imaginer c'était de ne pas être libre de partir faire du shopping sur un coup de tête ni d'aller voir des amis sans une inspection préalable des lieux par des gardes du corps.

— Elle aura une alarme en permanence sur elle ?

Cette idée était glaçante. Mais l'idée qu'il puisse lui arriver quelque chose l'était tout autant.

— Au moins, vous serez toutes les deux en sécurité.

Oui, elle comprenait sa réaction. Mais n'avait-on pas le choix d'ignorer la peur ?

— Comment se fait-il qu'il n'y ait aucune photo d'eux dans la maison ?

— Pardon ?

— Tu as été marié pendant… trois ans, c'est ça ? Comment se fait-il qu'il n'y ait pas de photos de mariage ? Ni de Brax bébé ? Si je ne connaissais pas leur existence, je n'aurais jamais pu la deviner.

Il ferma les yeux.

— Ça ne te regarde pas.

Elle sentit son cœur se serrer. Encore un rappel. Sa femme et son fils étaient tabous. Toujours des limites. Des règles. De la distance. C'était insupportable. Elle posa la main sur son torse et elle sentit son cœur qui battait à grands coups.

— Je comprends que ce soit douloureux. Mais ne pas en parler n'a pas de sens.

— S'il te plaît, arrête.

— Pourquoi ?

— Parce que c'est mon choix. Parce qu'elle était ma femme et qu'il était mon fils.

La voix de Leonidas se brisa, et elle ferma les yeux.

— Je le sais. Et ils font partie de toi. Comme le fera notre fille.

— Mais je ne veux pas en parler.

— Pourquoi pas ? Tu ne veux pas te rappeler ton fils ? Tu ne veux pas me parler – ou parler à quelqu'un d'autre – de son rire, son sourire, ses premiers pas, ses frayeurs nocturnes ? Tout ce qui faisait de lui le petit garçon qu'il était ?

Leonidas était d'une pâleur de cire.

— Je n'oublierai jamais mon fils.

— Je le sais. Mais tu ne peux pas honorer la mémoire de quelqu'un en enterrant les souvenirs qu'il a laissés.

Ces paroles étaient peut-être trop directes, trop dures, mais elle connaissait les ravages du silence. Pendant des années elle avait été obligée de rester silencieuse, de garder son chagrin enfoui en elle. Si bien que des tas de souvenirs qu'elle aurait dû être libre de savourer avaient fini par s'effacer. À force de ne jamais être évoqués, ils avaient disparu à tout jamais.

— Il était la lumière de ma vie ! s'exclama-t-il soudain en la regardant comme si elle le soumettait à la torture. Il était la lumière de ma fichue vie ! Amy et moi… Je l'aimais, mais bon sang elle me rendait fou, et nous n'étions pas… pour des tas de raisons nous n'étions pas faits l'un pour l'autre. La semaine avant leur mort nous nous étions querellés. Elle était partie à Athènes, et j'étais content.

Il laissa échapper un grondement de douleur.

— J'étais content parce que je n'en pouvais plus de ces discussions incessantes à propos de choses sans importance. Mais Brax était ma raison de vivre. La raison pour laquelle je n'aurais *jamais* quitté Amy. Je l'aimais mais Brax était tout pour moi, et il est mort subitement. À cause de moi.

Il se frappa la poitrine.

— Tu penses que je risque d'oublier la moindre chose à son sujet ? Tu penses que j'ai besoin de te parler de mon fils pour me rappeler que les ballons le faisaient rire aux éclats, ou que les clowns le terrifiaient, ou qu'il adorait nager et chasser les papillons ?

Hannah retint son souffle, bouleversée à la vue du chagrin et de l'amour qui se lisaient sur le visage de Leonidas.

— Tu penses que je risque d'oublier qu'il adorait les fraises ? Le fromage ? Qu'il m'appelait Bampas mais qu'il n'arrivait pas à le dire correctement et qu'il disait Bappmas à la place ? Toutes ces choses sont marquées au fer rouge dans mon esprit, Hannah, que j'en parle ou non.

Il souffrait trop… Il fallait qu'elle dise quelque chose. Mais quoi ? Les mots lui manquaient. Elle ouvrit la bouche tout en cherchant désespérément quoi dire. Mais il secoua la tête et l'embrassa. C'était un baiser destiné à la réduire au silence, parce qu'il avait été clair. Il ne voulait pas de sa compassion. Elle résista. Il avait enfin commencé à se confier à elle. Il fallait l'inciter à parler encore, pour l'aider.

Elle se raidit dans ses bras, prête à le repousser, à lui dire de ne pas fuir cette conversation. Mais il émit un grognement si désespéré qu'elle n'eut pas le cœur de continuer à lutter. Elle capitula. Avec une compassion immense. Elle comprenait la complexité de ses émotions. Ce baiser trahissait aussi son désir pour elle. Un désir irrépressible. Un désir dont il ne voulait pas, comme il l'avait dit sur la plage, mais contre lequel ils ne pouvaient rien ni l'un ni l'autre.

— Bon sang…

Il la souleva de terre sans le moindre effort malgré ses cinq mois de grossesse et la porta à travers la villa. Il ouvrit d'un coup d'épaule la porte de sa chambre, dans laquelle elle n'était encore jamais entrée. Elle eut vaguement l'impression que la pièce était immense et le décor élégant. Mais déjà il la renversait sur le lit. Il s'y laissa tomber avec elle et captura de nouveau sa bouche tout en faisant glisser son short sur ses hanches. Elle déboutonna sa chemise en lui rendant son baiser avec une ardeur égale à la sienne. Se couvrant mutuellement de caresses et de baisers fébriles, ils furent emportés dans une spirale de feu tourbillonnante au cœur de laquelle plus rien n'existait qu'un plaisir démesuré, partagé. Un plaisir qui avait le pouvoir magique de faire disparaître la souffrance, les doutes et tout le reste.

Leonidas ne parvenait pas à détacher les yeux de Hannah qui dormait paisiblement, ses cheveux cuivrés répandus sur l'oreiller. Après la mort de sa femme il s'était torturé lui-même pendant quatre ans en s'imposant une chasteté contre laquelle son corps se rebellait. Pendant quatre ans il avait tenu bon. Jusqu'à sa rencontre avec Hannah. Ce jour-là quelque chose s'était réveillé en lui, quelque chose avait recommencé à battre, comme un tambour intérieur dont l'appel était irrésistible.

Un appel encore plus irrésistible à présent qu'elle était sous son toit. Elle avait raison, il était impossible d'ignorer cette force qui les poussait l'un vers l'autre. Leur mariage n'était pas un mariage classique, mais ils avaient ça. Et tout à coup, il n'avait plus envie de lutter contre. Peut-être que demain il n'éprouverait plus la même chose, mais pour l'instant… Leonidas se mit derrière Hannah et se blottit contre elle, un bras autour de son ventre.

Pour la première fois depuis très longtemps il s'autorisa à s'endormir avec une femme dans son lit.

10.

Encore à moitié endormie, Hannah s'étira. Lorsque son dos rencontra un obstacle dur et chaud, son cœur fit un bond dans sa poitrine. L'entretien avec Greg Hassan l'avait marquée, si bien que sa première réaction fut la peur. Mais celle-ci laissa place à une émotion beaucoup plus agréable quand elle se retourna et se rappela où elle était et avec qui.

Leonidas.

Il était réveillé. Et il la regardait. Une chaleur délicieuse l'envahit, mais elle ne put s'empêcher d'être un peu embarrassée.

— Je me suis endormie. Je suis désolée.

— Pourquoi t'excuses-tu ?

— Je ne sais pas. Sans doute parce que j'aurais cru que tu aurais préféré dormir seul.

Il y eut un silence.

— C'est ce que j'aurais cru moi aussi.

Autre silence.

— Tu avais raison sur la plage, Hannah. Il y a quelque chose entre nous. Cette attirance irrésistible. Je n'ai plus envie de la combattre.

Elle sentit son cœur se gonfler d'espoir, mais elle resta parfaitement immobile.

— Je suis resté seul pendant longtemps. Par choix. Je ne veux pas te faire du mal.

— Pourquoi penses-tu que tu risques de m'en faire ?

— Je ne veux pas que tu t'imagines que l'entente sexuelle peut déboucher sur autre chose.

Bien sûr. Elle le comprenait. Il avait peur de prendre le risque de tomber amoureux. Après avoir perdu les deux êtres qui lui étaient le plus chers, c'était normal. Mais le fait qu'il accepte de ne plus lutter contre leur attirance mutuelle était déjà un grand pas. Et pour l'instant elle voulait bien s'en contenter.

— Ne t'inquiète pas, Leonidas Stathakis, dit-elle avec un large sourire.

Dans un même mouvement, elle le poussa pour le faire tomber sur le dos et se mit à califourchon sur lui. Les étincelles de surprise et d'excitation qui jaillirent de ses yeux noirs la galvanisèrent.

— Je suis tout à fait prête à me contenter de t'utiliser pour le sexe.

Il laissa échapper un petit rire rauque.

— C'est bon ? demanda-t-elle en caressant son membre durci.

— Oh ! oui…

Elle souleva le bassin, puis l'abaissa lentement pour le prendre en elle. Quand elle commença à le chevaucher, il se redressa et referma les bras sur elle avant d'aspirer goulûment la pointe d'un sein. Elle cria son nom, et ils donnèrent libre cours à leur passion débridée tout en se couvrant mutuellement de caresses et de baisers fébriles. Jusqu'au moment où la jouissance la pulvérisa en mille morceaux, tandis qu'il couvrait son visage de baisers d'une douceur dévastatrice en murmurant des mots grecs.

— Tu ne trouves pas que c'est un peu trop ? murmura-t-elle en contemplant l'île depuis le poste d'observation où il l'avait conduite.

De là on voyait la maison, mais aussi un terrain de golf, l'héliport, la piste d'atterrissage, et au loin quelque chose qui ressemblait à un petit village. Il y avait également un embarcadère, auquel était amarré un yacht. Visiblement moins grand que celui de Capri mais tout aussi rutilant et sans doute classé lui aussi dans la catégorie des « superyachts ».

— Quoi donc ? demanda Leonidas.

— Cette île, répondit-elle avec un sourire irrépressible.

Depuis qu'elle s'était réveillée dans son lit ce matin, leurs relations étaient plus détendues. Bien sûr il n'était pas libéré pour autant de ses démons, mais il n'en était plus complètement prisonnier.

Il haussa les épaules d'un air désinvolte.

— Tu ne l'aimes pas ?

— Oh si, beaucoup. Qui pourrait ne pas l'aimer ? Mais je crois que je ne m'habituerai jamais à vivre comme ça.

— Tu vis juste dans une maison plus grande que celle dont tu avais l'habitude.

Elle pouffa et but une gorgée de son café à emporter en se demandant si elle parviendrait un jour à apprécier le décaféiné.

— Oui, à peu près trois mille fois plus grande. Et puis il y a la grande plage privée.

Il la regarda en souriant, et elle sentit son cœur se gonfler d'une joie indicible. Sa beauté exceptionnelle était encore plus éblouissante quand un sourire illuminait son visage.

— Pour moi c'est l'île, tout simplement.

— Bien sûr. Tu as grandi ici ?

— Non.

— Où donc, alors ?

— À Athènes, principalement. À Kifissia. Les bureaux de mon père étaient en ville.

Sous le ton neutre de Leonidas elle sentit la vive émotion qu'il peinait à contenir.

— Que lui est-il arrivé ?

— Tu ne le sais pas ?

Elle haussa les épaules avec embarras.

— J'ai été obligée de faire une recherche sur toi sur Internet pour trouver comment prendre contact avec toi.

Devant son regard scrutateur, elle ajouta :

— J'ai vu un gros titre, mais je n'ai pas cliqué dessus.

— Pourquoi ? demanda-t-il avec une surprise manifeste.

— Parce que ça me donne la chair de poule.

Il arqua un sourcil.

— Ça ne me regardait pas, expliqua-t-elle. Il me semblait que c'était une affaire privée qui ne concernait que toi et ta famille. Je suppose qu'il y a beaucoup d'informations en ligne sur toi, ton frère et ton père. Mais ne serait-ce pas très malsain de ma part de les lire ?

— Ce que tu considères comme malsain pourrait sembler prudent à quelqu'un d'autre. Et si j'étais un dangereux escroc ?

— Tu en es un ?

— Non.

Leonidas scruta le visage de Hannah comme s'il y cherchait des réponses alors qu'à l'origine c'était elle qui lui avait posé une question. Elle finit par rompre le silence d'une voix rauque.

— Et tu vois, je te crois.

— Pourquoi ?

Elle posa son gobelet de café dans la voiturette de golf qu'ils avaient prise pour leur visite de l'île, puis elle se retourna vers lui.

— Parce que tu ne m'as jamais menti, Leonidas.

Il crispa imperceptiblement la mâchoire.

— Le soir de notre rencontre, tu m'as prévenue que nous ne resterions pas ensemble plus d'une nuit. Tu ne m'as fait aucune promesse pour m'attirer dans ton lit. Tu as été honnête. Et depuis tu as toujours été honnête également. Je ne pense pas que tu saches mentir.

Il regarda vers l'horizon, loin derrière elle.

— L'honnêteté est en général la meilleure conduite, non ?

— Oui.

— J'aurais cru qu'après l'infidélité de ton fiancé tu mettrais du temps avant de faire de nouveau confiance à quelqu'un.

— Moi aussi, reconnut-elle d'une voix légèrement tremblante. Mais tu n'as rien à voir avec Angus. Ni avec personne de ma connaissance.

Le visage de Leonidas se ferma. Elle s'était aventurée sur un terrain pour l'instant inaccessible, comprit-elle.

— Alors qu'a-t-il fait ?

— Qui ?

— Ton père.

— Ah !

Il inspira lentement, comme pour se donner du courage.

— Je suppose qu'il est en prison.

— Condamné à vingt ans.

— Je suis désolée.

— Pourquoi ? La place des criminels est en prison.

— Oui, mais c'est ton père.

— Plus maintenant.

— Tu le hais ?

— Oui.

— Pourquoi ?

— Mon père a laissé tomber Stathakis Corporation. Il a presque détruit ce que mon grand-père, mon arrière-grand-père et son père avant eux avaient passé leur vie à construire. Une compagnie de navigation renommée qui investissait dans des hôtels étrangers puis dans des fonds spéculatifs. Nos activités ont été paralysées à cause de lui.

— Comment ? Votre société n'est-elle pas trop importante pour qu'un seul homme puisse la détruire ?

— Il s'est mis à financer la mafia, Hannah.

Les yeux noirs de Leonidas étincelaient de colère et d'une foule d'autres émotions.

— Mon père – qui était plus riche que Crésus – ne voulait pas seulement l'argent et le mode de vie qui allait avec. Il voulait le pouvoir. Non, pas exactement le pouvoir. Il voulait inspirer la crainte. Être célèbre et influent. Casinos, bars, il multipliait les investissements douteux. Je suis juste surpris qu'il n'ait pas été arrêté plus tôt.

— Ça a dû être très dur pour toi.

— Je me considère comme quelqu'un de solide, mais je ne sais pas comment j'aurais tenu le coup sans Thanos.

Cet aveu la surprit, mais elle se garda de tout commentaire.

— Dans tous les pays où nous opérons, les investisseurs ont passé nos comptes au peigne fin. Nous avons perdu toutes les branches qui avaient été utilisées de près ou de loin pour financer le crime organisé. Dès notre plus jeune âge, Thanos et moi, nous avions été élevés par notre grand-père dans le culte de l'entreprise familiale. Il nous avait appris à l'aimer comme un membre de la famille et à travailler avec acharnement pour sa prospérité. Et tout à coup nous l'avons vue s'écrouler, démembrée morceau par morceau.

— Qu'avez-vous fait ? demanda-t-elle, le cœur serré.

— Nous avons fait fructifier les quelques capitaux qui nous restaient en investissant sur les marchés émergents. C'était une stratégie à haut risque, mais qu'avions-nous à perdre ?

Hannah déglutit péniblement. La conversation allait prendre un tour dangereux, elle le sentait. Cependant, le changement dans l'attitude de Leonidas était spectaculaire. C'était la première fois qu'il entrait dans les détails en ce qui concernait les affaires familiales. Autant l'inciter à aller jusqu'au bout.

— Tu m'as dit qu'Amy avait été tuée par vengeance contre ton père ?

Les traits de Leonidas se crispèrent, et la haine fit étinceler ses yeux noirs.

— Oui.

C'était une torture pour lui, elle le savait. Il n'avait aucune envie d'en parler. Et pourtant, il ne se fermait plus comme avant.

— Il a passé un accord avec le procureur. Une peine de vingt ans au lieu de plusieurs condamnations à perpétuité. En échange de quoi il a donné le nom de ses associés.

Le mépris cinglant de Leonidas était criant.

— Pas une seule seconde il n'a pensé aux conséquences éventuelles pour sa famille.

— Peut-être pensait-il bien agir ?

À la grande surprise de Hannah, Leonidas sourit. Mais son sourire était teinté de souffrance.

— Tu vois le monde à travers le vernis de ta gentillesse. Tu t'imagines que parce que tes motivations sont honorables celles des autres le sont aussi ?

— Non.

— Si. Sinon comment aurais-tu pu te fiancer avec un homme qui te trompait ? Tu ne peux pas t'empêcher de faire confiance et de pardonner.

— Est-ce une mauvaise chose ?

Il la regarda un instant en silence avant de répliquer :

— J'espère que non.

— Peut-être que j'ai tendance à accorder aux autres plus de chances qu'ils n'en méritent, mais ça ne m'empêche pas d'être lucide. Je sais de quoi les gens sont capables, Leonidas. J'en ai fait l'expérience.

Elle détourna le regard vers le paysage. Le ciel méditerranéen était d'un bleu éclatant. Tout était beau sur cette île. Comme une carte postale. Leonidas lui prit le menton pour l'obliger à le regarder.

— Il t'a fait souffrir ?

Il lui fallut quelques secondes pour comprendre de qui il parlait.

— C'était mon fiancé, et il me trompait… Bien sûr que ça m'a fait souffrir. Mais il n'y avait pas que lui. Il y avait elle aussi. Deux des personnes censées m'aimer le plus au monde me trahissaient ensemble. Ce qui était dur ce n'était pas seulement de perdre Angus. C'était la situation dans son ensemble.

Elle frissonna. Finirait-elle un jour par se remettre complètement du choc qu'elle avait reçu le jour où elle les avait surpris ? Rien n'était moins sûr.

— As-tu parlé avec elle ?

Elle secoua la tête.

— Je ne pouvais pas. Je ne peux pas. Je ne sais pas ce que je pourrais lui dire. Nous avons grandi ensemble, mais notre relation n'a pas toujours été… simple.

— Pourquoi ? demanda-t-il, visiblement déterminé à la comprendre.

— Elle avait l'esprit de compétition et elle manquait d'assurance. Sa mère, tante Cathy, l'encourageait à rivaliser avec moi en faisant des commentaires sur notre physique ou sur nos résultats scolaires. Je n'y ai jamais fait attention. Nous sommes tous différents, non ? « Sois toi-même. » C'est ce que disait maman. Mais ma tante…

Leonidas attendit patiemment, tandis qu'elle cherchait ses mots.

— Elle n'arrêtait pas de nous comparer.

— Et ta cousine n'était pas à la hauteur ?

— Je n'ai pas dit ça, protesta-t-elle aussitôt.

— Non. Tu as trop de tact pour ça.

— C'est juste que ce n'est pas ma façon de voir. Michelle avait des difficultés à l'école. Moi, non. Je pense qu'elle souffrait d'une dyslexie non diagnostiquée. Elle avait des problèmes de compréhension qu'elle tentait de masquer en feignant de ne pas être intéressée. Je crois qu'en réalité c'était un problème d'apprentissage de la lecture.

— Tu en as parlé à ta tante ?

— Oui, une fois. Elle était furieuse.

— Alors que, toi, tu avais d'excellents résultats ?

Hannah hocha lentement la tête.

— Certains élèves s'adaptent bien au système scolaire, d'autres non. J'ai la chance d'appartenir à la première catégorie.

— Et, à cause de cette mise en comparaison qui a duré des années, tu as pris l'habitude de minimiser tes capacités naturelles. Comme tu le fais encore aujourd'hui devant moi.

— C'est vrai, acquiesça-t-elle, impressionnée par la perspicacité de Leonidas.

— Il est également vrai que tu es intelligente, et je

parierais toute ma fortune que tu travaillais beaucoup à l'école. Ne crois-tu pas que ta tante était contrariée que tu réussisses mieux que Michelle ? Et qu'elle n'a pas cherché à obtenir de soutien scolaire pour sa fille parce que, en en faisant la demande, elle aurait reconnu implicitement que celle-ci était en quelque sorte inférieure à toi ? Au lieu d'aider sa fille, elle a préféré t'empêcher de réaliser ton rêve. Elle t'a condamnée à une vie de médiocrité afin que sa fille pâtisse moins de la comparaison.

Hannah tressaillit.

— Je ne trouve pas qu'on puisse qualifier ma vie de médiocre…

— Tu aurais dû étudier le droit pour suivre la carrière dont tu rêvais. Et ta tante aurait dû te soutenir. C'est à ça que tu faisais allusion quand tu as dit que tu savais de quoi les gens étaient capables ?

Elle ouvrit la bouche pour protester, mais elle renonça aussitôt. Il était trop perspicace. Haussant les épaules, elle se détourna de lui.

— Et ton oncle, que faisait-il dans tout ça ?

— Gary ?

— Tu parles de ta tante et de ta cousine, mais je ne t'ai pas entendue prononcer son nom une seule fois.

— Il travaillait beaucoup. Nous n'étions pas proches.

— Pourtant, il devait savoir comment sa femme se comportait. Il n'intervenait pas ?

— Tante Cathy n'est pas un monstre. C'est compliqué.

— C'est-à-dire ?

Elle secoua la tête pensivement.

— C'est loin, et je n'ai pas de certitudes. Juste des intuitions dues à des commentaires entendus en passant. Je pense qu'elle était très proche de mon père – son frère. Et, quand maman est entrée en scène, tante Cathy a été jalouse. Maman était…

Avec un sourire mélancolique Hannah ferma les yeux et revit Eleanor May, très belle et pleine de vie.

— C'était une femme fantastique. Diplomate auprès

de l'ONU, voyageant beaucoup, passionnée, drôle et incroyablement belle.

— Voilà de qui tu tiens.

Comblée par ce compliment, elle poursuivit en souriant :

— J'aimais la regarder se préparer pour sortir le soir. Elle avait de longs cheveux bruns qui tombaient jusqu'à sa taille. Elle les relevait en chignon et mettait des pendants d'oreilles. Le résultat était à couper le souffle.

Elle sentit Leonidas se rapprocher d'elle, et une douce chaleur l'envahit.

— Papa et elle étaient si heureux ensemble… Ils riaient tout le temps. J'étais petite quand ils sont morts, mais je ne les oublierai jamais. Je n'oublierai jamais la chance que j'ai eue de les avoir comme exemple.

Leonidas ne dit rien, mais elle comprit que son silence exprimait sa réprobation envers sa tante. Elle ne put s'empêcher de plaider la cause de celle-ci.

— Cathy et Gary n'étaient pas comme mes parents. Ils s'étaient mariés jeunes, parce qu'elle était enceinte. Elle a perdu le bébé, mais ils sont restés ensemble. J'ai toujours eu le sentiment qu'ils s'en voulaient mutuellement.

Elle se tourna vers lui.

— Je ne veux pas que notre mariage ressemble au leur, Leonidas.

— Je me suis trompé à ton sujet, dit-il d'une voix rauque après un long silence.

— Quand ?

— Je pensais que tu n'avais pas assez souffert pour me donner ton avis sur ma propre expérience. C'était très arrogant de ma part.

Il lui caressa les cheveux.

— Je refusais de croire que quelqu'un pouvait subir une perte comme la mienne.

— Ce n'est pas la même chose, objecta-t-elle d'une voix douce, le cœur serré. Aucun deuil ne ressemble à un autre. Je ne peux pas imaginer ce que c'est de perdre son conjoint et encore moins son enfant. Je suis enceinte de cinq mois, et l'idée qu'il puisse arriver quelque chose à ma fille me remplit d'une rage que les mots ne peuvent pas décrire.

Elle eut un sourire sans joie.

— Tu dois être en proie en permanence à un mélange de colère, de souffrance et d'incrédulité. Tu n'as pas à me présenter des excuses. J'avais compris ce que tu ressentais.

— Mais moi je ne t'avais pas comprise. Je n'avais pas conscience de toute la souffrance qui se cache derrière le mot *orpheline*. Les souvenirs de parents que tu aimais, avec qui tu étais heureuse et en sécurité. Des parents remplacés par un pis-aller. Une femme jalouse qui a passé sa vie à tenter de te rabaisser. Tu aurais dû faire des études de droit. Quelqu'un qui t'aurait aimée t'aurait soutenue, encouragée.

Hannah fut profondément bouleversée. Il avait raison. Et personne ne lui avait jamais dit ça. Même pas Angus.

— Tes parents t'ont laissé de l'argent. Il aurait pu servir à financer tes études.

— Il fallait que j'attende encore deux ans avant de pouvoir en disposer.

— Mais il aurait pu servir de caution auprès d'une banque pour un emprunt. Tu avais les moyens de vivre ton rêve, mais elle t'en a empêchée parce qu'elle ne voulait pas que tu réussisses.

Un déclic se fit en elle. Il avait raison. Elle avait trouvé des excuses à Cathy et à Gary, et elle n'avait plus envie de continuer.

— Mes parents me manquent tous les jours. Surtout en ce moment.

Elle posa la main sur son ventre et sentit son cœur déborder d'amour. Malgré la tristesse et le manque, il y avait de la joie en elle. Peut-être était-ce dû à la beauté de cette journée et de cette île fascinante.

— C'est un village, là-bas ? Je croyais que cette île était privée.

— Elle l'est. Là-bas, ce sont les logements des employés.

— Ah bon ?

Leonidas eut un sourire malicieux.

— Où croyais-tu que tous les gens qui travaillent à la villa s'en allaient le soir ?

— Je n'y avais pas réfléchi.

Le sourire de Leonidas s'élargit. Un sourire spontané, joyeux, qui la combla.

— Il y a une quinzaine de jardiniers, Mme Chrisohoidis, son mari, Andreo, qui surveille toute l'île, les femmes de chambre, les chefs. Et j'ai en plus deux assistants basés sur le continent, sur qui je peux compter quand je dois travailler.

Elle ouvrit de grands yeux.

— Sérieusement ?

— Plus leurs familles, ajouta-t-il d'un ton malicieux.

Elle secoua la tête. Comment pouvait-on avoir autant d'argent ?

— Il faut du monde pour gérer tout ça.

Il indiqua l'île d'un geste de la main.

— Et il y a aussi l'équipage du yacht ?

— Oui. Ils vivent à bord, sauf l'hiver.

— Tu dois dépenser une fortune en salaires.

— Je suppose, oui.

Il lui caressa de nouveau les cheveux et cala une mèche derrière son oreille. Son sourire disparut quand il ajouta :

— Il y a aussi toute l'équipe de sécurité.

— Greg Hassan vit ici ?

— Non, à Athènes. Il est responsable également de la sécurité de Stathakis Corporation et de celle de mon frère. Il a un directeur sur l'île, plus treize gardes basés ici en permanence.

— Treize ?

— Avant il n'y en avait que quatre.

— C'est à cause de moi qu'il y en a treize à présent ?

— De toi et d'elle, répliqua-t-il en posant la main sur son ventre.

Au même instant, elle sentit un petit mouvement familier.

— Elle vient de me donner un coup de pied ? demanda-t-il, les yeux écarquillés.

Elle pouffa en même temps que des larmes de joie perlaient à ses paupières.

— Elle vient de te dire que nous n'avons pas besoin de toutes ces mesures de sécurité.

— Je crois plutôt qu'elle m'a tapé dans la main en signe d'approbation.

Elle pouffa de nouveau, et il en fit autant. Depuis combien de temps cela ne lui était-il pas arrivé ? Elle n'avait aucun moyen de le savoir mais, une chose était sûre, c'était la première fois que ça lui arrivait devant elle. Et elle ne pouvait pas imaginer un spectacle plus bouleversant.

11.

— Tu te maries ?

La voix de Thanos semblait très lointaine.

— Où es-tu ? demanda Leonidas en allongeant les jambes.

— Quelque part au-dessus de l'Atlantique.

— Tu vas à New York ?

— C'est la *fashion week*.

Leonidas devina le sourire éclatant de son frère. Nul doute que, dans vingt-quatre heures, la presse people serait pleine de photos de son frère en compagnie de sa dernière conquête…

— Tu m'as dit que tu te mariais ?

Leonidas regarda par la fenêtre de son bureau. Hannah était allongée au bord de la piscine dans un maillot de bain minuscule. Qu'il mourait d'envie de lui enlever…

— Oui.

— *Toi*, tu te maries ?

Leonidas grimaça.

— Vendredi.

— Vendredi dans trois jours ?

— Oui.

— *Christos*. J'ignorais qu'il y avait quelqu'un dans ta vie.

— Il n'y avait personne.

Il ferma les yeux, le cœur serré.

— Ce n'est pas ça.

— C'est quoi alors ?

— Elle est enceinte.

Silence. Si long qu'il crut que la communication avait été coupée. Les téléphones de leurs jets privés étaient performants mais pas fiables à cent pour cent.

— Thanos ?

— Désolé, c'est juste que je suis surpris. Je pensais que tu avais définitivement renoncé aux femmes.

— En effet, c'était le cas.

— Et pourtant ?

— Et pourtant.

Leonidas contempla Hannah. Il ne tentait plus de lutter. Elle s'était insinuée dans son être et elle en recollait peu à peu les morceaux. Sauf ceux de son cœur, qui était à tout jamais fermé, réservé à Amy et à Brax. Le reste, il pouvait le partager. Surtout si ça la faisait sourire, comme c'était le cas de plus en plus souvent.

— Quand ? Je veux dire quand vas-tu avoir ce bébé ?

— Elle doit naître dans quatre mois.

Thanos émit un long sifflement.

— Tu l'épouses pour avoir la garde ?

Le cœur de Leonidas se serra.

— Je l'épouse pour leur sécurité.

Après un nouveau silence, Thanos déclara :

— Leonidas, l'homme qui les a tués est en prison jusqu'à la fin de ses jours. Il ne sortira jamais. Il n'y a aucune raison de penser qu'il n'a pas agi seul.

— Il s'agit du crime organisé. Tu penses vraiment qu'il n'a pas exécuté un ordre ?

— Oui. Je pense que c'était un dément qui s'en est pris à toi parce qu'il était furieux que notre père ait lâché son frère. Œil pour œil. Aujourd'hui, il n'y a plus de danger.

— Parierais-tu la vie de quelqu'un, Thanos ? La vie d'une femme innocente à laquelle tu n'as pas eu la force de résister et celle de son enfant ?

Nouveau silence.

— Non.

Jusqu'à cet instant, Leonidas ne s'était pas rendu compte qu'il avait un tel besoin d'entendre ça.

— Ici avec moi, sur l'île, elle est en sécurité. Notre enfant sera en sécurité.

— Comment est-elle ?

— Elle est…

Comment décrire Hannah ? Il ne trouvait pas les mots…

— Elle est bien. Tu vas bien l'aimer.

Un nouveau silence, nettement réprobateur.

— Bien ?

— Oui. Où est le problème ?

— Elle est au courant pour Amy ?

Leonidas se raidit.

— Oui.

— Leo, dit Thanos, laissant échapper ce diminutif qu'il n'utilisait plus depuis leur enfance. Tu ne crois pas que c'est un peu excessif comme mesure de sécurité ? Tu n'aurais pas pu te contenter de la faire protéger par une équipe de gardes du corps ?

Cette idée ne l'avait pas effleuré un seul instant, songea Leonidas avec surprise. Mais c'était logique, raisonna-t-il aussitôt. Après avoir perdu Amy et Brax, il ne pouvait pas prendre le moindre risque. Le moyen le plus sûr d'assurer la sécurité de la mère de son enfant c'était de la garder auprès de lui. Amy et lui s'étaient souvent querellés. Ils avaient pris l'habitude de passer de plus en plus de temps loin l'un de l'autre. Dans ces moments-là Brax lui manquait terriblement, mais il appréciait de se retrouver sans Amy. Même s'il l'aimait. Ou plutôt, même s'il l'avait aimée et qu'il était déterminé à rester fidèle à cet amour pour le bien de leur enfant. Mais il avait été imprudent. Il n'avait pas eu conscience du danger, et c'étaient eux qui en avaient payé le prix. Non. Hannah resterait à son côté « jusqu'à ce que la mort les sépare ». Et, si pour une raison ou pour une autre ils étaient séparés momentanément, il mettrait une armée à sa disposition.

— Des gardes du corps n'auraient pas suffi. C'est à moi de les protéger.

— Je vois. Et c'est ce qu'elle souhaite également ?

Leonidas se leva et se dirigea vers la fenêtre, les jambes tremblantes. Que souhaitait vraiment Hannah ? Comme si elle sentait son regard sur elle, comme ça lui arrivait souvent, elle tourna la tête vers le bureau et souleva ses lunettes de soleil. Il fut électrisé par son regard émeraude.

— Elle trouve elle aussi que c'est la meilleure solution.

Après un nouveau silence, Thanos déclara :

— Tout ça semble très raisonnable. Tu pourrais peut-être te charger des négociations avec Kosta Carinedes maintenant que tu es sur le point de te marier et d'avoir un enfant. C'est le genre de respectabilité qu'il apprécie.

Thanos avait parlé sur le ton de la plaisanterie, mais Leonidas rétorqua aussitôt d'un ton vif :

— Il est hors de question que je parle de Hannah et de notre fille à qui que ce soit. J'ai l'intention de garder le secret aussi longtemps que possible.

C'était plus sûr. Hannah lui sourit et lui fit signe de la rejoindre en montrant la piscine. Il secoua la tête. Pas question de céder à toutes les tentations. Il fallait garder certaines limites. Elle se leva lentement et enleva le haut de son maillot. Puis elle lui envoya un baiser avec un sourire resplendissant et elle entra dans la piscine, les seins seulement à demi couverts par l'eau. Il raccrocha, lança son téléphone sur le bureau et se précipita vers la piscine en se déshabillant en chemin. C'était juste un bain par une journée très chaude. Rien de plus.

Il voulait juste faire plaisir à Hannah parce que, après tout ce qu'elle avait perdu, elle le méritait. Il ne pouvait pas lui offrir son cœur ni le mariage romantique dont elle rêvait, mais il pouvait la couvrir de cadeaux pour lui faire oublier ce manque d'amour. C'était ce que Leonidas se répétait en contemplant le visage radieux de Hannah. Mais il était conscient qu'en décidant de lui offrir ce voyage il avait tout simplement obéi à une impulsion.

L'idée de l'amener à Paris lui était venue pendant qu'ils

nageaient dans la piscine, un peu plus tôt dans la journée. Ils se mariaient pour des raisons pragmatiques, mais rien ne l'empêchait de lui faire vivre certains de ses rêves. Or elle avait toujours eu envie de voir Paris. Elle avait grandi en rêvant devant une carte postale de la tour Eiffel. Il avait voulu qu'elle voie la vraie. Pourquoi ? Parce qu'il en avait eu envie. Parce qu'il en avait les moyens. Parce que Hannah May méritait d'être choyée.

Elle se tourna vers lui, les yeux brillants de larmes.

— Leonidas, c'est mille fois plus beau que je ne l'imaginais.

Leur suite donnait sur le symbole de la capitale française, la tour Eiffel. Il lui tendit une flûte de champagne sans alcool et se rapprocha d'elle, incapable de détacher les yeux de son visage.

— Beaucoup de Parisiens te contrediraient.

— Alors ils sont fous. Je n'ai jamais rien vu d'aussi beau.

— Vraiment ?

Elle leva les yeux vers lui, et son regard émeraude l'électrisa, comme le soir de leur rencontre, comme à chaque fois depuis.

— Je suppose que tu viens souvent ici.

Il jeta un regard songeur à la Tour, et une bouffée de remords l'assaillit. Il la refoula aussitôt. Ce voyage n'avait rien à voir avec Amy et Brax. Ce voyage était pour Hannah. Elle méritait cette joie. Il n'était pas question de la lui gâcher en ruminant des regrets.

— Assez souvent, oui.

— Elle est extraordinaire.

À l'heure pile, la Tour se mit à scintiller de milliers de petites lumières argentées. Hannah laissa échapper un petit cri ravi.

— Demain je veux monter jusqu'au sommet.

— Pourquoi attendre demain ? répliqua-t-il en lui tendant la main.

— Parce qu'il est 20 heures. Elle doit être fermée, non ?

— Elle est ouverte jusqu'à minuit.

— Alors qu'attendons-nous ? s'exclama-t-elle.

Il resta immobile. Fasciné par son visage illuminé de joie. Quelque chose lui gonfla le cœur. Une émotion diffuse qu'il s'empressa d'ignorer.

— Rien du tout, dit-il en prenant Hannah par la main. Allons-y, *agape mou*.

Hannah s'endormit le sourire aux lèvres et se réveilla le sourire aux lèvres. Son sommeil avait été peuplé de tous les rêves que Leonidas avait transformés en réalités. Le voyage surprise à Paris dans son jet privé, l'atterrissage à Charles-de-Gaulle, la traversée de la ville en limousine. Muette d'excitation, elle avait regardé défiler les rues et les monuments en s'efforçant de ne pas manquer un seul détail. Elle se sentait si proche de sa mère, ici… Paris était la ville favorite d'Eleanor. Elle y séjournait souvent dans le cadre de ses missions pour l'ONU et elle en parlait abondamment à son retour, enflammant l'imagination de sa fille.

L'hôtel Stathakis était situé au cœur de cette capitale éblouissante, au bord de la Seine, avec vue à la fois sur la tour Eiffel et sur l'Arc de Triomphe. La suite était aussi luxueuse que celle de Chrysa Vrachia, avec de nombreuses touches françaises dans le décor, dont des tableaux de grands peintres impressionnistes et de superbes meubles anciens. Tout était si parfait qu'elle avait presque réussi à oublier les gardes du corps qui les avaient accompagnés pendant le voyage, puis dans les rues de Paris. Une présence discrète à quelques mètres derrière eux, mais constante. Impossible d'ignorer complètement les menaces qui pesaient sur elle et son bébé d'après Leonidas.

Hannah se tourna dans le lit et traça un cercle du bout du doigt sur l'épaule de Leonidas. Il se retourna vers elle et lui sourit. Elle sentit son cœur se gonfler d'une joie indicible.

— *Bonjour*, dit-elle en français.

Le sourire de Leonidas s'élargit.

— *Bonjour, mademoiselle.*

— J'aime cet endroit, dit-elle en posant la tête sur son torse, le regard fixé sur la tour Eiffel derrière la fenêtre.

Le ciel était d'un bleu éclatant, et elle avait hâte de repartir à la découverte de la ville.

— J'ai pensé que ça te plairait.

Il avait organisé ce voyage pour lui faire plaisir… Elle sourit.

— Serait-il possible que tu sois romantique dans l'âme, Leonidas ?

Elle sentit qu'il se raidissait.

— Non.

Le mot sonna comme un coup de tonnerre dans un ciel ensoleillé. Elle se redressa sur un coude pour le regarder, sans se laisser impressionner par sa mine sombre. Une semaine plus tôt, elle aurait gardé un silence prudent. Mais quelque chose avait changé entre eux. Elle se sentait différente. Grâce à lui.

— Comment l'as-tu rencontrée ?

Elle retint son souffle. Allait-il lui rappeler que le sujet était tabou ? Après un silence et au prix d'un effort manifeste, il répondit :

— Par l'intermédiaire de mon frère.

Nouveau silence.

— Thanos a une vie sociale très riche. Amy venait de faire ses premiers pas comme mannequin. Elle avait été entraînée dans une fête par des amis. Il se trouve que j'étais là.

— Elle était mannequin ?

Il hocha la tête.

— Elle était belle, et j'étais fou amoureux.

Malgré le sourire de dérision dont il ponctua cet aveu, elle fut assaillie par une bouffée de jalousie. Et se fustigea aussitôt. Quelle mesquinerie ! La pauvre femme était morte.

— Vous êtes sortis longtemps ensemble avant de vous marier ?

— Non, répondit-il avec un petit rire. Je ne suis pas un

homme patient. Nous nous sommes mariés rapidement, dans l'intimité, et avant d'avoir eu le temps de bien nous connaître.

— Était-elle différente de ce que tu imaginais ?

Une ombre passa dans le regard de Leonidas.

— Je l'aimais, répondit-il comme s'il était sur la défensive. Mais nous n'étions pas capables de nous rendre mutuellement heureux. Je pensais qu'un bébé pouvait être la réponse à ce problème et je lui ai fait part de mon souhait. Elle commençait à avoir peur de me perdre, et je crois bien qu'elle aurait accepté d'engendrer une équipe de foot si je le lui avais demandé.

Il secoua la tête, la mâchoire crispée.

— Pourquoi n'étais-tu pas heureux ?

Il soupira.

— Aucun de nous ne l'était. Amy aimait un certain style de vie.

— L'argent ?

— Non, ce n'était pas ça le problème. Elle aimait sortir, faire la fête, être vue, être adorée. Si elle est entrée dans la bande de mon frère, ce n'est pas par hasard.

— Et toi tu n'es pas comme ça ?

— Je ne l'ai jamais été. Thanos est le « prince des play-boys d'Europe », et ça lui va comme un gant. Il mène une vie trépidante.

Leonidas eut un sourire affectueux.

— C'est une tornade, et il attire les tornades.

— Comme Amy.

— Oui. Comme Amy. Elle était beaucoup plus à l'aise avec ses amis. Je ne pouvais pas la rendre heureuse.

— Mais tu l'aimais.

— Oui. Et je refusais de laisser notre mariage faire naufrage.

— Tu ne peux pas t'en vouloir parce que tout n'était pas parfait. Par moments je vois la vie comme un nœud constitué de plein de fils différents. Certains très heureux, d'autres très tristes, mais tous indissociables.

— Et tu penses que tu aurais été heureuse avec Angus ?

Elle réfléchit un instant.

— Je pense que j'aurais été libre. De mon oncle et de ma tante, de la jalousie de Michelle. Ou du moins, c'était ce que je croyais. Mais cette jalousie m'aurait poursuivie jusque dans mon couple…

— Tu l'aimes toujours ?

— Angus ?

Elle fronça le nez.

— Plus le temps passe plus je pense que je ne l'ai jamais réellement aimé. Pas autrement que comme un ami. Mais il était la première personne à me dire qu'elle m'aimait depuis longtemps. La première personne qui me donnait le sentiment de compter. Et j'aimais ce sentiment.

— J'ai quelque chose pour toi.

Hannah étouffa un bâillement. Les vingt-quatre heures à Paris avaient été à la fois spectaculaires et épuisantes. Elle posa son livre sur ses genoux et leva les yeux vers Leonidas. Et, comme à chaque fois qu'elle le regardait, elle fut électrisée.

— Ah oui ?

— Oui.

Il traversa la cabine du jet privé pour la rejoindre et s'appuya au siège qui faisait face au sien. Puis il sortit une petite bourse de velours noir de la poche de sa chemise.

— Qu'est-ce que c'est ? demanda-t-elle en la prenant sans quitter son visage des yeux.

— Ouvre.

Elle desserra le cordon de la bourse et en sortit un minuscule objet pointu qu'elle posa dans le creux de sa main avec un sourire ravi. Une réplique minuscule de la tour Eiffel. La plus belle et la plus délicate qu'elle avait jamais vue. En l'examinant de plus près, elle constata qu'elle était constituée de diamants et attachée à une chaîne.

— C'est magnifique, dit-elle d'une voix vibrante d'émotion.

— J'ai pensé que, puisque tu y étais si attachée, ce serait bien que tu la portes en permanence sur ton cœur.

Son cœur ! Elle sentit ce dernier faire un bond dans sa poitrine, et une émotion intense l'envahit. C'était comme si tout à coup elle flottait parmi les nuages qu'elle voyait derrière le hublot. Elle tendit le pendentif à Leonidas.

— Tu veux bien ?

Il le lui accrocha autour du cou, et la petite tour Eiffel se nicha sur son décolleté, juste à la naissance de ses seins.

— Je l'adore. Merci.

Il eut un sourire qui la bouleversa, puis tout à coup il devint très sérieux.

— Tu avais raison sur la plage.

Elle plissa le front, fouillant dans sa mémoire.

— Tu m'as dit que nous pouvions faire en sorte que ce mariage fonctionne et tu avais raison. Quand Amy et Brax sont morts, mon cœur est mort avec eux. Pour de bon. Je ne peux pas t'offrir ce dont tu rêves et que selon moi tu mérites, mais je pense pouvoir faire en sorte que tu sois heureuse.

Il s'accroupit devant elle et lui prit les mains en plongeant le regard dans le sien.

— Considère la vie que tu peux mener à mon côté et celle que nous pouvons offrir à notre enfant. Comme tu l'as dit, notre mariage peut être autre chose qu'un simple arrangement. Il faut juste que nous ayons le courage d'essayer.

Elle sentit sa gorge se nouer. Il parlait comme s'il lui offrait un cadeau merveilleux, un avenir lumineux. Mais en réalité il ouvrait un trou béant dans son cœur. Et tout à coup, au lieu de flotter parmi les nuages elle avait l'impression de tomber dans le vide. Il y avait quelque chose de si définitif et de si restrictif dans ses paroles… Et il lui tenait ce discours au retour de ce voyage magique à Paris. Un voyage au cours duquel elle s'était sentie choyée, chérie…

Mais, en fait, tout ça c'était pour lui faire l'article de ce mariage. Pour le rendre attractif parce qu'il ne voulait prendre aucun risque avec sa sécurité et celle de leur enfant, qu'il voulait garder auprès de lui. Et il serait un père fantastique pour leur fille, elle n'en doutait pas. Elle avait vu l'amour qui l'animait quand il lui avait parlé de Brax.

Mais s'il l'avait amenée à Paris ce n'était pas parce qu'il avait eu envie de lui faire plaisir. C'était uniquement pour lui donner un aperçu de la vie qu'elle pourrait avoir une fois mariée avec lui. Il pensait que les avantages dont elle bénéficierait en tant que Mme Leonidas Stathakis compenseraient le fait que son cœur était « mort » avec sa première femme et son fils.

Se mordant la lèvre, elle détourna les yeux et garda le silence. Comment trouver les mots pour exprimer le doute qui la rongeait ? Elle en était incapable.

12.

L'estomac noué, Hannah regarda la robe que la styliste avait apportée un peu plus tôt. C'était la robe de mariée parfaite pour ce mariage factice.

— Le plus simple possible, avait-elle demandé.

Ce mariage était déjà une mascarade, inutile d'en rajouter avec une robe meringue à froufrous. Elle avait été écoutée. La robe ne pouvait pas être plus simple. Droite avec des bretelles spaghettis, elle soulignait ses seins, ses hanches et son ventre rond. Ce n'était pas le genre de robe à porter lors d'un grand mariage, devant des centaines d'invités. C'était une robe à réserver à un amant. Belle mais surtout incroyablement sensuelle. Hannah lissa la soie blanche et regarda les sandales rose pâle qui avaient été livrées avec. Elles apportaient une touche de fantaisie qui compensait la simplicité de la robe et elles avaient l'avantage d'être très confortables.

Un bruit la fit tressaillir. Elle remit précipitamment la robe dans la penderie et referma la porte juste au moment où Leonidas entrait dans leur chambre. Quand avait-elle commencé à la considérer comme leur chambre et plus seulement comme la sienne ? Il y avait à peine une semaine qu'elle était arrivée sur l'île et elle se sentait très différente de la femme qu'elle était alors.

— Marina a dressé la table sur la terrasse, annonça-t-il.

Il la regarda comme il l'avait fait dans l'avion, avec un sourire serein, visiblement confiant dans la réussite de leur mariage. Il l'avait rangée dans un compartiment de son esprit, et ça lui convenait très bien. Il n'avait pas choisi de l'épouser, mais ils pouvaient quand même faire en sorte que leur mariage « fonctionne ». Mais ne lui avait-elle pas dit à peu près la même chose tout au début ? Cette approche pragmatique lui convenait à elle aussi à ce moment-là. Mais, depuis, quelque chose avait changé. Cette perspective lui semblait beaucoup moins réjouissante.

— Très bien.

Elle lui rendit son sourire, mais le cœur n'y était pas. Ils gagnèrent la terrasse en silence, et il lui avança une chaise. Mme Chrisohoidis s'était donné beaucoup de mal. Des dizaines de bougies étaient éparpillées un peu partout, et des fleurs fraîchement cueillies embaumaient l'air d'un parfum encore plus capiteux que d'habitude. Hannah le huma en s'exhortant à se détendre. Rien n'avait changé. Ils étaient en train de construire leur relation, ils se mariaient demain, et toutes les raisons pour lesquelles elle avait accepté ce mariage étaient toujours valables. Elle avait pris la bonne décision pour leur enfant. Ses doutes s'atténueraient une fois qu'ils seraient mariés. Ils auraient toute la vie pour consolider leur relation. Toute la vie pour donner du sens à cette folie.

Mais, lorsque Leonidas s'assit en face d'elle, elle prit soudain conscience d'une réalité terrifiante. Elle n'avait pas besoin d'une vie entière pour trouver un sens à tout ça. Les doigts crispés sur son verre de vin – rempli de jus de pomme – elle contempla son futur mari tandis qu'une foule de souvenirs l'assaillaient. Peut-être était-ce à cause du ciel, aussi étoilé que le soir de leur rencontre, mais elle se remémora cette soirée avec une précision inédite.

Pourquoi avait-elle couché avec lui cette nuit-là ? Elle n'avait jamais réagi de manière aussi impulsive auparavant. Elle n'avait même jamais couché avec un homme… Et pourtant, un seul regard de Leonidas avait suffi à lui donner envie de se jeter à son cou. Ça ne pouvait être que du désir, non ? Mais alors, pourquoi n'avait-elle jamais cessé de penser à lui depuis ? Qu'est-ce qui l'avait poussée à accepter aussi facilement de l'épouser ? En dehors de la nécessité de protéger sa fille ?

L'envie de rester auprès de lui. De partager ses repas avec lui. De dormir avec lui. De faire l'amour avec lui. Non, pas l'amour. C'était purement sexuel. Purement sexuel ? Elle ferma les yeux, se remémorant les baisers, les caresses, la façon dont il joignait les mains aux siennes et la regardait dans les yeux quand le plaisir la submergeait.

— Hannah ?

La main de Leonidas se posa sur la sienne. Elle tressaillit et rouvrit les yeux.

— Ça va ? C'est le bébé ?

Elle secoua la tête et s'efforça de sourire malgré l'angoisse qui lui nouait l'estomac. Non, elle ne pouvait pas être assez stupide pour être tombée amoureuse de l'homme qu'elle avait accepté d'épouser ? Il n'avait pas cessé de lui répéter qu'il ne serait jamais question d'amour entre eux. Leur mariage était un mariage de raison… Elle fut assaillie par une bouffée de panique. Certes. Mais demain ils échangeraient leurs consentements, et quand elle prononcerait le sien elle ne mentirait pas.

En une semaine… Non. Ce sentiment avait commencé à s'insinuer dans son cœur dès la première nuit, à Chrysa Vrachia. Sur le moment elle n'en avait pas eu conscience, bien sûr. C'était seulement aujourd'hui qu'elle comprenait ce qui lui avait échappé avec Angus. L'amour n'était pas un choix. Ce n'était pas une formule idéale qu'il suffisait d'appliquer au « bon » candidat pour s'assurer une vie entière de bonheur parfait. Ça ne marchait pas comme ça. L'amour ne se programmait pas. Il était imprévisible, magique, et aussi impossible à contenir que la respiration ou le rire. Le soir de leur rencontre, Leonidas et elle avaient été irrésistiblement attirés l'un par l'autre. Il lui avait proposé une aventure sans lendemain, et elle avait accepté, sans se douter qu'elle y laisserait un bout de son cœur.

Elle se leva, vacillante, et se dirigea vers la balustrade.

— Hannah ? *Christos !* Qu'y a-t-il ?

Elle secoua la tête, incapable de formuler ce qu'elle ressentait.

— Je… Rien. Je voulais juste regarder la vue.

— Quelle vue ? Il fait nuit noire ! s'exclama-t-il en la rejoignant.

— Il y a les étoiles, dit-elle en levant les yeux vers le ciel.

Il garda les siens fixés sur son visage, l'air inquiet.

— Il y a aussi le dîner sur la table, plaisanta-t-il d'une voix hésitante. Et j'ai faim.

— J'arrive.

Elle se mordit la lèvre, profondément déstabilisée par la découverte qu'elle venait de faire. Était-elle vraiment tombée amoureuse de lui en si peu de temps ? Il fallait le croire. Sinon pourquoi son cœur s'affolerait-il à chaque fois qu'elle le regardait ? Tout à coup elle éprouva un besoin impérieux d'avouer ses sentiments. Elle y résista. Non, ce serait une erreur. Demain ils se marieraient, et elle prononcerait son consentement en ayant conscience d'être sincère. Mais il valait mieux dévoiler ses sentiments à Leonidas peu à peu. Lui laisser le temps de se faire à cette idée. Oui, c'était plus sage. Soulagée par cette décision, elle regagna la table et s'efforça de faire honneur au repas même si l'émotion lui avait coupé l'appétit.

— Où vas-tu ? demanda Leonidas devant la porte de sa chambre.

Elle sourit.

— C'est la nuit précédant notre mariage, Leonidas. Ne sais-tu pas que ça porte malheur de la passer ensemble ?

Il arqua les sourcils.

— Une superstition ?

— Oui. Et j'ai l'intention d'en tenir compte. À demain matin.

— Je ne veux pas que tu retournes dans ton ancienne chambre, protesta-t-il en l'attirant contre lui.

— Pourquoi ? demanda-t-elle, le cœur battant.

— Parce que.

Elle pouffa.

— Ce n'est pas une réponse.

Avant qu'il ait le temps de réagir, elle se dégagea de ses bras et ajouta avec un sourire contraint :

— C'est juste une nuit. Ensuite nous aurons la vie entière.

Il la regarda en silence.

— Bonne nuit, dit-elle en s'éloignant dans le couloir.

Bien sûr, il arrivait qu'il pleuve en Méditerranée. En été les orages n'étaient pas inhabituels. La pluie qui cinglait les vitres réveilla Hannah avant l'aube. Elle se leva et gagna la fenêtre, fascinée par le paysage familier devenu méconnaissable. Si fascinée qu'il lui fallut un moment pour retrouver la mémoire. Aujourd'hui elle se mariait. Avec Leonidas.

Elle s'adossa au mur, les jambes tremblantes, l'estomac noué. « Quand Amy et Brax sont morts, mon cœur est mort avec eux. » Ces paroles la poursuivaient depuis leur retour de Paris. Hier soir elle avait décidé de laisser le temps faire son œuvre, persuadée qu'un jour il finirait par partager ses sentiments. Mais si ce jour n'arrivait jamais ? S'il avait raison ? S'il était devenu définitivement incapable d'aimer ? La pluie redoubla de violence, et elle se retourna vers la fenêtre, appuyant le front contre la vitre. Était-elle sur le point de se lier à un autre homme incapable de lui donner ce dont elle avait besoin ? Quand Angus l'avait demandée en mariage, elle avait éprouvé de la gratitude. Elle avait été heureuse que quelqu'un l'aime et veuille passer sa vie avec elle. Depuis la mort de ses parents, c'était la première fois qu'elle s'était sentie aimée. Elle avait accepté de l'épouser davantage par reconnaissance que par amour. Mais il ne voulait pas vraiment passer sa vie avec elle. Il l'avait trahie avant même qu'ils se marient. Il n'avait pas mérité la confiance qu'elle lui avait accordée. Et Leonidas ?

Elle s'éloigna de la fenêtre, s'assit au bord du lit et regarda ses pieds. Hier elle avait mis du vernis rose pâle sur ses ongles pour aller avec les sandales qu'elle comptait porter pour son mariage…

Leonidas ne voulait pas vraiment passer sa vie avec elle. Si elle n'était pas tombée enceinte, ils ne se seraient jamais revus. Le cœur serré, elle posa la main sur son ventre. Cette idée semblait inconcevable. Leurs vies étaient inextricablement liées. Hier elle avait décidé d'attendre qu'il prenne conscience de ce qu'ils partageaient. Mais le pouvait-elle ? Elle se leva. Non, elle ne pouvait pas. Hier soir au dîner, elle le savait déjà. Elle ne pouvait pas l'épouser s'il ne connaissait pas ses sentiments pour lui. Il fallait qu'elle soit honnête avec lui. Il fallait… Il fallait qu'elle lui parle.

Elle gagna la chambre de Leonidas à grands pas et entra sans frapper. Il était de dos, en short gris, un morceau de plastique carré à la main. En l'entendant il se retourna vivement et posa ce dernier derrière lui sur le rebord de la fenêtre.

— Hannah.

La surprise laissa place à l'inquiétude tandis qu'il scrutait son visage.

— Ça va ?

— Non. Oui.

Elle ferma la porte et avança dans la pièce.

— Qu'y a-t-il ?

Parfaitement immobile, il la regardait comme s'il avait du mal à la reconnaître.

— Je… Il faut que je te parle.

Il resta impassible.

— Je t'écoute.

— Je… J'ai fait quelque chose de stupide.

— Quoi donc ?

Elle inspira profondément et avança encore pour se mettre juste devant lui. Il se raidit imperceptiblement.

— Leonidas, la nuit où nous nous sommes rencontrés…

Sa voix s'éteignit.

— Oui ?

— Ça a surgi de nulle part. Dès l'instant où nous nous sommes littéralement rentrés dedans, j'ai senti… cette force irrésistible qui m'attirait vers toi. Je sais que ça paraît… ridicule. Mais, quand je t'ai vu, j'ai senti que je ne pouvais pas ne pas te suivre dans ta chambre. J'ai l'impression que, depuis notre rencontre, il y a quelque chose d'impérieux qui nous pousse l'un vers l'autre.

Il resta sans réaction, mais elle ne se laissa pas décourager.

— Et ensuite tu as disparu, et je me suis dit que c'était pour le mieux. Que j'étais déboussolée après Angus, que tout ça n'avait aucun sens et que j'avais commis une erreur avec toi.

À son grand soulagement, il n'acquiesça pas. L'entendre dire de nouveau que cette nuit avait été une erreur serait insupportable…

— Mais ce n'était pas une erreur. Je ne l'ai jamais vraiment cru. Je suis partie à Londres, mais une part de moi-même est restée à Chrysa Vrachia avec toi. Une part de moi est restée avec toi après cette nuit, et j'ai emporté une part de toi avec moi. Je n'arrêtais pas de penser à toi.

Il se raidit, une lueur de panique dans les yeux, mais elle insista. Il fallait absolument qu'elle aille jusqu'au bout. Elle ne pouvait pas l'épouser en espérant que tout se passerait bien. C'était ce qu'elle avait prévu de faire avec Angus et c'était le plus court chemin vers le désastre.

— Je ne sais pas si j'aurais osé prendre contact avec toi si je n'avais pas été enceinte. Mais je sais que je ne t'aurais jamais oublié. Je n'aurais jamais rencontré quelqu'un qui me fasse l'effet que tu me fais. J'ai toujours trouvé ridicule la notion de coup de foudre, mais en l'espace d'une heure tu m'as transformée, et je ne peux pas t'épouser aujourd'hui sans te dire que je… que ce mariage n'est pas seulement une solution raisonnable pour la sécurité de notre bébé. Je m'offre à toi corps et âme, jusqu'à la fin de nos jours.

Elle lui prit la main et joignit les doigts aux siens, comme il l'avait souvent fait avec elle.

Il ne dit rien. Par contraste, toutes les paroles qu'elle venait de prononcer semblaient résonner dans la pièce et remplir tout l'espace. Plus le silence se prolongeait, plus elle avait l'impression qu'une corde se resserrait autour de sa gorge, l'empêchant de respirer.

— Pourquoi me dis-tu ça maintenant ?

Ce n'était pas exactement la réaction qu'elle attendait, mais tant pis. À présent qu'elle lui avait parlé, elle se sentait libérée d'un poids.

— Parce que c'est plus fort que moi.

— Hannah. Ne fais pas ça…

Elle inspira profondément. Il fallait insister. C'était trop important.

— Je me suis fiancée avec Angus pour de mauvaises raisons. Je croyais l'aimer, mais je me trompais. L'amour n'est pas une décision mûrement réfléchie. Ce n'est pas un choix. L'amour est un coup de foudre…

— Le *désir* est un coup de foudre, coupa-t-il d'un ton crispé.

Il recula d'un pas en passant la main dans ses cheveux et en la regardant avec une frustration manifeste.

— C'est du désir que tu as ressenti pour moi cette nuit-là et que tu ressens encore aujourd'hui. Il fausse ton jugement, et tu n'as pas assez d'expérience pour discerner la différence avec l'amour.

— Je ne suis pas idiote. Je sais que j'éprouve aussi du désir. En même temps que de l'amour. L'un m'électrise quand tu entres dans une pièce, et l'autre me donne l'impression d'être en apesanteur quand tu me souris.

Il ne souriait pas du tout.

— J'étais prête à épouser Angus alors que je ne l'aimais pas. J'étais prête à l'épouser en espérant que tout se passerait bien. J'ai failli commettre cette erreur une fois. Je ne peux pas recommencer.

— Que veux-tu dire ?

Elle ne savait pas exactement. Les mots quittaient sa bouche avant qu'elle ait le temps de les peser.

— Si tu ne m'aimes pas, Leonidas – même pas un tout petit peu —, si je suis la seule à avoir été frappée par la foudre, alors nous ne pouvons pas nous marier.

Ses yeux se noyèrent de larmes impossibles à refouler.

— Si je ne t'aimais pas, ce serait peut-être différent. Mais éprouver ce que j'éprouve pour toi et t'épouser… ce serait l'enfer. Chaque journée serait une torture.

Il poussa un soupir exaspéré.

— Nous en avons déjà discuté. Il y a des tas d'avantages à ce mariage, des tas de choses que tu apprécierais.

Il eut un sourire forcé qui n'atteignit pas ses yeux.

— Tu parcourras le monde, tu feras des voyages dont tu n'as même pas idée, et dans le plus grand luxe.

— Avec une armée derrière moi ?

— Quoi qu'il arrive, l'armée en question est une chose à laquelle tu devras t'habituer.

Elle secoua la tête. Ce n'était pas le plus important pour l'instant.

— Tout ça ne suffit pas.

— Il faudra que tu t'en contentes ! Je t'ai expliqué dès le début ce que je t'offrais. Quand tu es venue à Capri, j'ai été clair. Et j'ai toujours été clair depuis.

— Tu veux dire que tu es toujours dans le même état d'esprit ? Que rien n'a changé pour toi depuis ?

Il croisa les bras en soupirant.

— Les choses ont changé. Mais je ne t'aime pas. Je ne suis pas libre de t'aimer, Hannah. Je me suis engagé auprès de quelqu'un, et même si elle est morte ça ne change rien. Ça aussi je te l'ai expliqué. Et je ne comprends pas pourquoi tu ne peux pas l'accepter.

Submergée par la souffrance, elle lui lança un regard perdu. Il détourna les yeux et prit le morceau de plastique qu'il avait posé sur le rebord de la fenêtre. En réalité c'était une photo, constata-t-elle. Qu'il était en train de regarder quand elle était entrée dans la pièce. Il la lui tendit.

Elle la regarda et plissa le front avec perplexité. Une photo d'elle ? Non, constata-t-elle aussitôt. Mais les ressemblances ne manquaient pas. La femme de la photo souriait, ce qui mettait en évidence son rouge à lèvres. De la même teinte que celui qu'elle utilisait elle-même. Ses yeux en amande, comme les siens, étaient pratiquement de la même nuance de vert. Son teint était pâle, comme le sien, mais elle ne semblait pas avoir de taches de rousseur comme elle. Ses cheveux flottaient sur ses épaules, encadrant son visage. Des cheveux châtain roux avec exactement les mêmes reflets cuivrés que les siens.

— C'est Amy ? demanda-t-elle dans un souffle.

— Oui. Ma femme.

Ces trois mots lui firent l'effet d'un coup de poignard en plein cœur. Elle sentit le sang se retirer de son visage et vacilla sur ses jambes. Visiblement inquiet, Leonidas la prit par le coude.

— Assieds-toi.

Dégageant son bras d'un mouvement vif elle s'écarta de lui, les yeux baissés sur la photo. Ils étaient noyés de larmes, mais elle n'avait pas besoin de la regarder plus longuement.

— C'est ça que tu as vu en moi à Chrysa Vrachia…

Il garda le silence.

— Si je ne lui avais pas ressemblé, tu ne m'aurais même pas remarquée, n'est-ce pas ?

Toujours le silence. Mais que pourrait-il dire ? Elle avait la preuve sous les yeux.

— Tu pensais à elle quand tu as couché avec moi ?

— Non. Vous vous ressemblez au premier coup d'œil, mais crois-moi, Hannah, je n'ai vu que toi.

Elle aimerait tellement le croire… Mais la souffrance qui lui lacérait le corps et le cœur l'en empêchait.

— Même si je pensais à elle ce soir-là. C'est sur cette île que je l'ai connue. Une nuit de la Saint-Sylvestre. Et c'est là que je l'ai demandée en mariage. J'y vais tous les ans pour la Saint-Sylvestre parce que je suis masochiste.

Cette année tu es apparue, et l'espace d'un instant j'ai eu l'impression d'avoir remonté le temps…

Un sanglot secoua Hannah. Quelle idiote ! Elle était tombée amoureuse de cet homme, et il vivait avec un fantôme. Elle se détourna de lui en étouffant un gémissement. Il la retint par le bras et l'obligea à le regarder.

— Mais ce n'est pas pour ça que j'ai couché avec toi.

— Non ? Alors pourquoi ?

— J'avais envie de *toi*, Hannah. Et je n'ai jamais cessé de te désirer depuis cette nuit-là. Au point d'en être obsédé. Et je me suis haï pour ça. Quand Amy a été tuée, j'étais furieux. J'ai juré de ne jamais l'oublier, de ne jamais tourner la page. J'ai résisté à toutes les tentations, je me suis coupé du monde, jusqu'à toi. Mon désir pour toi est une trahison de ma promesse, de mon devoir envers Amy. J'avais une famille, Hannah, une femme et un enfant qui ont été assassinés à cause de moi. Tu crois vraiment que j'ai le droit de tourner la page ? De passer à autre chose parce que tu es ici et enceinte de moi ?

Malgré sa souffrance, elle ne put s'empêcher d'avoir de la compassion pour lui. Il était enfermé dans son chagrin, et elle ne pouvait pas se battre à sa place. Il était le seul à pouvoir se pardonner. Le seul à pouvoir s'autoriser à les aimer, elle et sa fille, tout en gardant Amy et Brax dans son cœur. Elle jeta un nouveau coup d'œil à la photo et elle éprouva une sorte de solidarité avec cette femme. Elles avaient toutes les deux aimé le même homme, ce qui était un lien entre elles. Elle rendit la photo à Leonidas.

— Que voudrait-elle ?

Il secoua lentement la tête.

— Elle voudrait que je sois heureux.

Hannah entrevit une lueur d'espoir. Se rapprochant de Leonidas, elle posa la main sur son torse.

— Alors sois heureux, Leonidas. Tu ne cesseras jamais d'aimer Amy et Brax, et je ne veux pas que ça t'arrive. Ils font partie de toi, et je veux qu'ils fassent partie de notre vie. Je veux en savoir plus sur le petit garçon qui te faisait rire. Je veux que tu fasses vivre son souvenir pour moi et plus tard pour sa sœur. Tu ne peux pas vivre éternellement en retrait. Je suis ici et je t'aime. Je te demande de t'ouvrir à ce qui s'offre à toi. De chercher dans ton cœur et de voir que j'y ai une place.

Elle lui prit les mains et les posa sur son ventre.

— Je te demande de m'épouser aujourd'hui parce que tu m'aimes, pas parce que tu crains pour ma sécurité ni parce que je suis enceinte. Épouse-moi parce que tu ne veux pas vivre sans moi.

Il la regarda comme s'il se noyait et comme si elle était trop loin pour l'aider. Comme si rien ni personne ne pourrait jamais l'aider. Comme s'il n'avait pas envie d'être sauvé.

— Je ne t'ai pas proposé de t'épouser parce que j'en avais envie, finit-il par dire d'une voix rauque. Je ne supporte pas l'idée que quelqu'un soit en danger à cause de moi. Je n'aurais pas dû coucher avec toi mais, maintenant que tu es enceinte de moi, le moins que je puisse faire c'est de te protéger et de prendre soin de toi.

Hannah resta silencieuse un instant, le cœur serré. La lueur d'espoir n'était pas restée allumée très longtemps…

— Je ne veux pas qu'on me protège ni qu'on prenne soin de moi. Du moins ce ne sont pas de bonnes raisons d'épouser quelqu'un.

— Tu trouves ?

— Oui. Je suis capable de prendre soin de moi et de notre bébé.

— Tu ne sais pas quels sont les risques.

— Et toi non plus. Aucun de nous deux n'a de boule de cristal. Mais je sais une chose. Si je reste ici et si je t'épouse, je le regretterai. Je serai malheureuse et notre fille aussi. Après la mort de mes parents j'ai fait l'expérience de ce genre de relations basées sur le devoir et j'ai vu à quel point c'était pernicieux. Je n'infligerai pas ça à notre fille.

— Bon sang, Hannah ! Tu as accepté de m'épouser.

— Oui. Mais j'ai l'impression que c'était dans une autre vie.

— Pas moi.

— Non, pas toi. C'est bien ça le problème. Tu es capable de m'épouser, de dormir avec moi toutes les nuits et de ne rien ressentir.

Des larmes lui brûlèrent les yeux, mais elle les essuya d'un geste rageur.

— Je ne suis pas comme ça. Je prends tout ça à cœur.

— Raison de plus pour rester. Reste parce que tu m'aimes. Je ne te ferai pas souffrir. Je passerai ma vie à prendre soin de toi. Je te promets que tu auras tout ce que tu peux souhaiter.

— Je n'aurai *rien* de ce que je souhaite. Je ne peux pas rester.

Il parut hésiter, comme s'il était partagé entre des sentiments contradictoires. Puis il redressa les épaules et déclara d'un ton ferme :

— Tu le dois. Je ne peux pas te laisser partir.

— Tu vas me retenir prisonnière ?

— Non. Mais je me battrai pour notre enfant. J'ai besoin de la savoir en sécurité. S'il le faut j'entamerai une procédure pour obtenir sa garde. Je ferai tout ce qui est en mon pouvoir pour qu'elle reste ici, sur cette île. Et je préférerais que tu restes aussi, avec elle. Pour son bien.

Hannah réprima un frisson. La perspective d'être assignée en justice par un homme aussi riche et puissant que Leonidas Stathakis était pour le moins angoissante… Mais pas question de se laisser impressionner.

— Non, tu ne feras pas ça. Tu ne me traîneras pas en justice. Tu ne me feras pas vivre un enfer. Tu ne feras rien qui puisse exciter l'intérêt des médias et nuire à notre fille. Parce que tu ne voudras pas qu'adolescente elle découvre sur Internet des détails sordides sur la guerre que se seront livrée ses parents. Sans compter le traumatisme d'être séparée de sa mère. Tu crois que je ne connais pas l'homme dont je suis tombée amoureuse ?

Il crispa la mâchoire et garda un silence révélateur.

— Tu ne feras pas ça. Tu ne me menaceras pas et tu

ne me la prendras pas. Tu es quelqu'un de bien, Leonidas. Tu es incapable de te conduire de cette manière. Tu sais que notre fille a besoin de moi.

— Et pas de moi ?

— Si, bien sûr. Nous trouverons un arrangement pour nous partager la garde, afin qu'elle ne soit privée d'aucun de ses parents. Pour elle je suis prête à tout ou presque. J'ai cru pendant un moment que t'épouser pour lui offrir une « vraie » famille était la meilleure solution. Mais au cours de cette semaine j'ai appris à mieux me connaître. Épouser un homme qui ne m'aime pas et qui m'assure qu'il ne m'aimera jamais serait une énorme erreur. Je n'ai pas l'intention de la commettre.

Elle refoula de nouvelles larmes avant de poursuivre :

— Tu m'as dit qu'il était impossible de quitter cette île sans ton accord. Je te demande de me laisser partir. Aujourd'hui. Ce matin. De mettre à ma disposition ton jet, ton hélicoptère ou ton yacht.

— Et où iras-tu, Hannah ? En Australie ? Chez ton horrible tante et ta cousine qui t'a trahie ? Ou à Londres où tu ne connais pratiquement personne ?

— Tu me suggères de rester ici parce qu'il n'y a pas de meilleur endroit ?

— Je pense que tu devrais rester ici parce que tu en as envie et parce que c'est mieux pour tout le monde.

— Pas pour moi. Je n'ai pas l'intention de devenir un instrument de ton masochisme. Tu t'es puni pendant des années en allant à Chrysa Vrachia et maintenant tu voudrais te punir en vivant avec une femme que tu désires mais que tu n'aimeras jamais parce que ce serait trahir Amy. Non, merci. Ce n'est pas pour moi.

Il laissa échapper un juron et s'approcha d'elle, mais elle l'arrêta d'un geste.

— Je suis désolée de ne pas être capable de bloquer mes sentiments comme tu bloques les tiens, et de changer d'avis après avoir accepté dans un premier temps de t'épouser, mais je n'avais pas tous les éléments nécessaires pour évaluer la situation.

Elle enleva l'énorme diamant qui ne lui avait jamais réellement plu de toute façon.

— Je vais retourner à Londres. C'est ce qui est le plus simple pour l'instant. C'est suffisamment près pour que tu puisses la voir souvent.

— Je ne veux pas que tu t'en ailles.

— Je sais. Mais as-tu une raison à me donner qui pourrait me décider à rester ?

Il scruta longuement son visage, mais cette question resta sans réponse.

— J'ai une maison à Londres. Tu devrais t'y installer.

— Non, merci.

— Hannah ! Tu es la mère de notre enfant. Je veux que tu vives dans un endroit sûr. Décent. Installe-toi dans cette maison. Nous réglerons les formalités plus tard.

— Une fois qu'elle sera née. Mais pour l'instant ma chambre est toujours disponible. Toutes mes affaires y sont encore, d'ailleurs. Je peux y retourner, et ce sera comme s'il ne s'était rien passé, ironisa-t-elle avec un sourire sans joie.

— Et ta sécurité ? Ça ne te préoccupe plus ?

— Je suppose que tu ne vas pas manquer d'envoyer des gardes du corps ?

Il hocha la tête.

— Je coopérerai avec toi sur ce plan. Je ne suis pas complètement idiote. S'il y a le moindre risque qu'il arrive quelque chose à notre fille, je suis prête à accepter toutes les mesures nécessaires. Mais le mariage n'en fait pas partie.

Il jura en grec et pressa le front contre le sien.

— Nous pouvons faire en sorte que ça fonctionne.

Elle secoua la tête.

— Non.

Incapable de résister à la tentation, elle se hissa sur la pointe des pieds pour l'embrasser sur la joue.

— Mais au moins nous aurons essayé.

13.

Il n'y avait de photos d'Amy et de Brax dans aucune de ses maisons pour une raison très simple. Il n'avait pas besoin de photos pour les voir. Leur souvenir était gravé dans sa mémoire, son esprit, son cœur. Et à présent il y avait également celui de Hannah. Impossible à effacer. Il s'endormait avec l'image de son sourire et il était réveillé en sursaut par celle de son visage défait, le matin de son départ.

Et toute la journée, il était hanté par ses paroles. « Je suis ici et je t'aime. » Il avait l'habitude d'être tourmenté par ses souvenirs, mais c'était peut-être encore pire qu'avec Amy et Brax. Parce que Hannah était vivante, pas très loin de lui. Et elle lui manquait terriblement. Mais il fallait respecter sa volonté. Pas question de s'imposer à elle. Elle voulait être aimée et elle méritait de l'être. Elle méritait de rencontrer quelqu'un qui l'aimerait sans réserve. Elle trouverait cet homme un jour. Il en était certain. Et à ce moment-là que se passerait-il ? Depuis un mois qu'elle était partie c'était une question qui le poursuivait. Quand il n'était pas occupé à boire du whisky en fixant sur la mer un regard noir, ou à houspiller ses employés, il imaginait à quoi pourrait ressembler la vie post-Leonidas de Hannah. Deux fois elle avait accepté d'épouser un homme qui ne lui convenait pas. Deux fois elle s'était fait des illusions parce que son cœur était trop tendre. La troisième fois serait-elle la bonne ? Elle était belle, généreuse, drôle, intelligente. Elle méritait de trouver l'amour. Et leur fille ? Un étau se resserra sur la poitrine de Leonidas. Si Hannah épousait un autre homme, sa fille aurait un beau-père. Cette idée le torturait, mais ce n'était pas une raison pour tenter de récupérer Hannah. Le meilleur service qu'il pouvait lui rendre c'était de renoncer à elle.

— *Christos*, tu ne pourrais pas y aller un peu plus doucement avec lui ? s'exclama Thanos.

Leonidas, assis au bout de la table d'une des salles de réunion de leurs bureaux londoniens, lança un regard perplexe à son frère.

— Tu n'as pas vu comme ses mains tremblaient ? précisa ce dernier. Il était violet de rage.

— Il veut faire des affaires avec nous ? Qu'il baisse d'abord ses prix.

Thanos pouffa.

— Je ne t'ai jamais vu aussi remonté.

Leonidas pinça les lèvres. Sa vie personnelle était un véritable désastre, mais ça ne voulait pas dire que sa vie professionnelle devait en être un également. Travailler dix-huit heures par jour semblait être le meilleur moyen de chasser Hannah de son esprit. Tous les matins il épluchait les rapports de l'équipe de sécurité qui assurait sa protection. Il n'avait communiqué avec elle qu'une seule fois, par l'intermédiaire de ses avocats. Il avait transféré un hôtel particulier londonien à son nom, et elle lui avait fait savoir qu'elle ne voulait pas accepter. Il avait eu envie de lui envoyer un texto. De lui téléphoner. De la voir. Bon sang, il avait tellement envie de la voir qu'il avait fait des efforts surhumains pour se retenir jour après jour de sauter dans son jet pour aller frapper à sa porte et lui intimer de l'épouser. En tant que P-DG il était despotique. Pourquoi ne pas faire preuve de la même autorité avec elle ? Pourquoi ne pas la soumettre à une pression telle qu'elle ne puisse pas refuser le mariage ? Pourquoi ? Parce qu'à chaque fois qu'il envisageait de céder à cette tentation il la revoyait telle qu'elle était le matin de son départ. Les traits altérés par le chagrin mais généreuse au point de lui dire qu'il était quelqu'un de bien, qu'il ne la ferait jamais souffrir. Sur ce point elle avait raison. Il ne pourrait jamais se résoudre à la faire souffrir. Voilà pourquoi il l'avait laissée partir. Mais plus le temps passait, plus il était en proie à un manque intolérable. Il avait besoin d'elle. Un besoin égoïste qu'il devait surmonter à tout prix. La semaine qui venait de s'écouler avait été de loin la plus pénible. Trois mois après le départ de Hannah, il avait fini par venir à Londres. Pas pour la voir. Pour ses affaires. Tous les soirs il s'était couché en sachant qu'elle était plus près de lui que jamais. Toutes les nuits il avait passé des heures à imaginer la rondeur de son ventre, la douceur de son visage endormi, le bruit régulier de sa respiration. Savoir qu'elle était ici à Londres était une véritable torture.

— Leonidas.

Il leva les yeux vers l'assistante de son frère, qui venait d'entrer dans la pièce. Belinda, âgée d'une cinquantaine d'années, les cheveux pâles et la mine constamment renfrognée, travaillait pour Thanos depuis presque dix ans, et ça se voyait. Elle était épuisée, au bord de la dépression nerveuse. Jongler jour après jour avec l'emploi du temps tumultueux de son frère n'était pas de tout repos. Mais au moins, elle avait un salaire à la hauteur de ses efforts.

— Greg Hassan en ligne pour vous.

Belinda indiqua d'un mouvement du menton le téléphone posé sur une console dans un coin de la pièce.

— Merci.

Leonidas se leva d'un bond, pris de panique.

— Qu'y a-t-il ? demanda-t-il sans préambule.

— Hannah a été emmenée d'urgence à l'hôpital. Elle a perdu les eaux.

— Quel hôpital ?

Dès que Hassan lui eut donné le nom, il raccrocha et prit son manteau sans un mot.

— Leo ? Que se passe-t-il ?

— Le bébé arrive.

Thanos eut un large sourire, mais Leonidas secoua la tête.

— C'est trop tôt. Normalement il y a encore un mois… Reste ici. Je te tiendrai au courant.

— Pas question.

Leonidas réprima un soupir. Il n'avait pas envie qu'on l'accompagne, mais discuter avec Thanos serait une perte de temps. L'essentiel c'était d'arriver auprès de Hannah le plus vite possible. Sauf que c'était l'heure de pointe et que l'hôpital se trouvait à l'autre bout de la ville.

— Hélicoptère, marmonna-t-il en ouvrant la porte d'un coup d'épaule impatient.

Sans un mot, Thanos sortit son téléphone de sa poche pour prévenir le pilote. Quelques minutes plus tard, ils arrivaient sur le toit et montaient à bord de l'appareil prêt à décoller.

— Quel hôpital ? demanda le pilote.

Leonidas répéta le nom, et l'hélicoptère s'éleva aussitôt dans le ciel.

— Essaye de ne pas t'inquiéter, Leo. Nous y serons très vite.

Très vite ? Pas assez ! Leonidas était au comble de l'angoisse. Comment avait-il pu la laisser s'en aller, quitter l'île ? Elle avait perdu les eaux seule. Sans lui à son côté pour la soutenir… Quand l'hélicoptère finit par se poser sur le toit d'un bâtiment voisin de l'hôpital, il sauta de son siège avant que le pilote coupe le moteur et courut, plié en deux pour éviter les pales de l'hélice. Thanos le rattrapa au moment où les portes de l'ascenseur s'ouvraient, et ils restèrent silencieux pendant toute la descente. Une fois au rez-de-chaussée, Leonidas se précipita dehors et sprinta jusqu'à l'hôpital.

— Hannah May ! dit-il en arrivant à l'accueil, par chance désert.

— Quel service ?

— Je ne sais pas…

— Obstétrique, intervint Thanos juste derrière lui.

— Voyons…

L'infirmière consulta un écran en plissant le front.

— Je ne la trouve pas.

— Elle a été amenée en urgence tout à l'heure ! Elle doit être là !

— Pourriez-vous revérifier ? suggéra Thanos d'un ton beaucoup plus calme en écartant Leonidas du comptoir.

Quelques secondes plus tard, il l'entraîna vers les ascenseurs. La cabine était d'une lenteur désespérante, et ils durent ensuite suivre plusieurs couloirs. Quand ils arrivèrent en obstétrique, Thanos se mit dans la file de gens qui attendaient au comptoir, mais Leonidas franchit directement les portes. La voix de Hannah… Il la reconnaissait. Elle criait… Son cœur bondit hors de sa poitrine, et il s'élança dans le couloir en direction des cris. Il arriva devant une porte et tendit la main vers la poignée.

— Vous ne pouvez pas entrer, monsieur ! lança un vigile.

— Essayez de m'arrêter !

— Monsieur, ce couloir est interdit aux visiteurs, intervint une infirmière.

— Je ne suis pas un visiteur ! Ma…

Christos, comment l'appeler ? Pas sa femme. Ni sa fiancée. Elle n'était rien pour lui, comme elle l'avait souhaité…

— Ma fille est en train de naître dans cette salle !

— Si vous attendez à l'accueil, nous vous préviendrons dès qu'elle sera née.

— Non ! Je veux entrer. Hannah a besoin de moi.

La compassion se peignit furtivement sur le visage de l'infirmière, mais elle se reprit très vite.

— Mlle May a été très claire. Elle ne souhaitait prévenir personne. Elle m'a dit qu'elle était seule.

Leonidas eut l'impression de recevoir une gifle. Elle avait décidé de l'exclure ?

— Dites-lui que je suis là ! S'il vous plaît.

L'infirmière capitula.

— D'accord. Allez attendre à l'accueil, s'il vous plaît.

— Mais je…

— Allez attendre à l'accueil, coupa l'infirmière d'un ton calme mais ferme.

Il la regarda, il regarda la porte, il regarda de nouveau l'infirmière. Derrière la porte, Hannah poussa un cri déchirant. Il crut devenir fou. Il fallait qu'il la voie, qu'il fasse quelque chose pour l'aider, n'importe quoi…

— S'il vous plaît !

— Allez attendre à l'accueil. Je vais lui dire que vous êtes là.

Il inspira profondément. Toutes les fibres de son être lui intimaient d'insister, de forcer le passage, de rejoindre Hannah. Mais elle ne voulait pas de lui… Accablé de désespoir il fit demi-tour en direction de l'accueil, où les gens qui attendaient semblaient détendus. Il était visiblement le seul à avoir des envies de meurtre… Les cris de Hannah lui parvenaient toujours, le mettant au supplice. Comment la laisser subir ça toute seule, sans lui ? Que pouvait-il faire pour l'aider ? Il était en train de vivre un moment de pure terreur. Après trois mois de tourment… Comment avait-il pu être aussi stupide ? Il avait perdu du temps et maintenant il risquait de tout perdre. Lorsque deux infirmières passèrent en courant devant la salle d'attente et disparurent dans le couloir il les suivit. Quand elles entrèrent dans la salle de Hannah, il fut pris de panique et se précipita derrière elles. Le visage de Hannah déformé par la douleur et l'inquiétude acheva de l'affoler.

— Monsieur, je vous ai dit que vous ne pouviez pas entrer.

Ignorant l'infirmière il rejoignit Hannah et lui prit la main.

— Ma place est ici.

Hannah le regarda, mais son visage n'exprimait rien d'autre qu'une souffrance atroce.

— Ma place est ici, répéta-t-il pour conjurer la peur qui le faisait trembler.

Hannah ne dit rien. Il resta en continuant de lui tenir la main. Tout à coup elle serra la sienne avec une telle force qu'il se demanda s'il était possible que son sang arrête de circuler. Si oui, tant mieux, se dit-il. Souffrir en même temps qu'elle, même un tout petit peu, serait un soulagement. Il lui caressa les cheveux, et elle ne dit rien. Ni à lui ni à personne. Seuls des cris terribles s'échappaient de sa gorge. Il sentit ses ongles s'enfoncer dans sa peau tandis qu'elle poussait un nouveau hurlement. Puis l'infirmière brandit un bébé tout rouge avec une tignasse noire. Elle lui donna une tape dans le dos, et un cri puissant retentit. Les yeux de Leonidas se noyèrent de larmes. Il regarda Hannah. Elle pleurait, elle aussi, mais un sourire rayonnant illumina son visage quand l'infirmière posa leur fille sur sa poitrine. Une émotion indicible submergea Leonidas. Il n'avait jamais rien vu d'aussi beau. Sa famille. Elles étaient sa famille.

— Tu n'étais pas obligé de venir.

Hannah avait retrouvé suffisamment d'énergie pour tenter de comprendre ce que Leonidas faisait à l'hôpital et comment il avait pu arriver aussi vite. Le revoir était un choc, après tout ce temps. Trois mois. Douze semaines. Tant de nuits à se demander si elle n'avait pas commis la plus grosse erreur de sa vie. À mourir d'envie de le supplier de la laisser revenir. À se dire qu'il lui manquait trop, qu'elle ne pouvait pas continuer comme ça, qu'elle était prête à se contenter des miettes qu'il voudrait bien lui accorder… Et à présent, alors qu'ils couvaient leur fille d'un même regard ébloui, elle avait du mal à se rappeler pourquoi elle l'avait quitté.

Heureusement, il était sorti de la salle d'accouchement quand les infirmières avaient menacé d'appeler la sécurité s'il ne la laissait pas tranquille le temps qu'on la nettoie et qu'on la transfère dans une chambre. Elle était à bout de forces, mais son cœur débordait de bonheur. Leur fille dormait dans un berceau minuscule, à côté de son lit.

— Tu voulais vraiment m'exclure de ce moment ?

Elle déglutit péniblement, prise de remords. Le visage de Leonidas reflétait un tourment inédit.

— J'avais prévu de te prévenir une fois qu'elle serait née.

Il fut visiblement blessé, mais il se contenta de hocher la tête. Puis il prit sur un plateau le mug de thé que l'infirmière avait apporté quelques instants plus tôt et le lui tendit.

— Tu souffrais tellement, dit-il en l'enveloppant d'un regard angoissé. J'ai cru que tu étais en train de mourir.

— Moi aussi, répliqua-t-elle sincèrement.

Il s'approcha du berceau, et elle sentit sa gorge se nouer. Voir l'homme qu'elle aimait regarder leur fille avec une telle fierté, un tel amour… C'était déchirant. Elle détourna les yeux et but une gorgée de thé en refoulant ses larmes.

— Trois mois… Tu es partie depuis trois mois.

La voix rauque de Leonidas la fit tressaillir.

— Trois mois qui m'ont semblé aussi longs que dix années.

— Il fallait que je m'en aille.

— Parce que tu m'aimes.

Elle ferma les yeux.

— Oui.

— *Theos*, Hannah ! Je viens de passer trois mois à me répéter qu'il fallait que je respecte ton choix. Que je te laisse vivre loin de moi parce que je ne pouvais pas te donner l'amour que tu attends.

Elle réprima un sanglot.

— Et puis Greg Hassan m'a appelé pour me prévenir que tu avais été emmenée à l'hôpital. *Theos, agape mou*, j'ai eu si peur… J'ai eu si peur qu'il t'arrive quelque chose que ça m'a ouvert les yeux. J'ai pris conscience que je m'interdisais de vivre une vie fantastique avec la femme que j'aime parce que j'avais peur.

Le cœur de Hannah fit un bond dans sa poitrine. Avait-elle bien entendu ?

— Moi aussi j'ai été frappé par la foudre, Hannah. Comme toi. Mais moi je me suis acharné à le nier.

Il se pencha, approchant le visage si près du sien qu'elle sentit son souffle chaud sur sa peau.

— Alors que toi tu es beaucoup plus courageuse. Après la blessure que t'a infligée Angus, prendre le risque de m'avouer que tu étais tombée amoureuse de moi… Assumer ton amour alors que je ne voulais pas en entendre parler parce que je m'accrochais à une colère et des remords qui m'empêchaient de vivre… M'aimer alors que je ne le méritais pas… Oui, c'était d'un grand courage.

— Je ne pouvais pas faire autrement. L'amour n'est pas un choix.

Elle posa la main sur sa joue.

— Mais même si j'avais le choix je n'hésiterais pas. Je choisirais de t'aimer. Parce que tu le mérites, Leonidas. Tu mérites d'être heureux.

— Je voulais t'offrir le monde entier. Exaucer tous tes souhaits. Réaliser tous tes rêves. Mais ce qui compte le plus pour toi ce ne sont pas les voyages en jet privé à Paris ou ailleurs, n'est-ce pas ?

— En effet. Je veux dire… C'est fantastique, bien sûr. Mais ce n'est pas le plus important.

— Tu as raison. L'essentiel est ici dans cette chambre. S'il te plaît, dis-moi que je n'ai pas tout gâché entre nous. Je t'aime. Et je veux passer chaque jour de notre vie à te prouver mon amour.

Leonidas sortit de sa poche un petit écrin en velours noir.

— Hannah, je voudrais te demander de nouveau de devenir ma femme. Pour une seule raison. Parce que je t'aime. Je ne te mérite pas, mais je ferai tout mon possible pour me montrer à la hauteur, *agape mou*.

Il lui tendit l'écrin. Elle l'ouvrit, et une vive émotion la submergea. Ce n'était pas la bague énorme qu'elle n'avait jamais vraiment aimée. C'était une autre bague. Plus discrète, plus raffinée. Un solitaire entouré de petites émeraudes. Un autre genre de bague pour un autre genre de mariage…

— Elle est magnifique, murmura-t-elle, les yeux noyés de larmes.

— Deux semaines après ton départ, j'étais à Athènes. Je l'ai vue dans une vitrine et je l'ai achetée aussitôt. Elle ne m'a plus quittée depuis. Comme si elle avait le pouvoir de te ramener à moi.

Laissant échapper un sanglot de pur bonheur, Hannah tendit la main pour qu'il la lui glisse au doigt. Elle lui allait parfaitement.

Épilogue

— Je sais bien que tu voulais m'offrir le monde entier, mais ça… c'est plus extraordinaire que tout ce que j'aurais pu imaginer.

— Elles te plaisent ?

Hannah roula les yeux avant de se concentrer de nouveau sur le paysage sublime qu'ils étaient en train de survoler. L'hélicoptère constituait un poste d'observation idéal pour admirer la vallée du Nil et les pyramides.

— Elles sont… stupéfiantes.

Parmi tous les pays qu'ils avaient visités au cours des dix-huit derniers mois, lequel était son favori ? Elle serait bien en peine de le dire. Ils occupaient tous une place spéciale dans son cœur, pour des raisons différentes. Assister à un opéra au London Coliseum, découvrir le Panthéon au cours d'une visite privée, arpenter les rues de New York main dans la main avec Leonidas, apprendre à connaître tous les secrets de son île comme si elle y était née, observer les poissons avec un masque et un tuba, nager dans la piscine, apprendre le grec, savourer les spécialités culinaires… chaque instant de sa vie était un enchantement. Cependant, rien n'était plus exaltant que d'avoir Leonidas à son côté.

Elle avait prévu d'attendre un peu avant de lui annoncer la nouvelle, mais la présence des pyramides, emblématiques de l'intelligence et de la détermination humaines, était un aiguillon.

— J'ai reçu un mail il y a deux jours.

— Et ?

— Mon dossier d'inscription à la fac de droit a été accepté.

Le sourire ravi qui illumina le visage de Leonidas la toucha en plein cœur. Il lui avait apporté un soutien sans faille dans ses démarches et dans la mise en place d'une organisation qui lui permettrait d'étudier tout en s'occupant d'Isabella.

— Je n'ai jamais douté une seule seconde de ton succès.

— Parce que tu es Leonidas Stathakis et que je suis ta femme ? demanda-t-elle avec un sourire taquin.

— Parce que tu es *toi*, corrigea-t-il avant de déposer un baiser sur ses lèvres. Brillante, motivée, acharnée.

Ce compliment la combla de joie et de fierté.

Quelques heures plus tard, à bord du yacht qui croisait sur la mer Rouge, Isabella dormait dans son berceau et Hannah lisait dans un fauteuil. Quant à Leonidas, il contemplait sa femme et sa fille en savourant son bonheur. Dire qu'il avait failli tout perdre ! Par peur il avait failli passer à côté de l'amour.

Jamais plus il ne commettrait cette erreur.

Vous avez aimé *Cette nuit avec un inconnu* ?
Découvrez un nouveau roman de Clare Connelly
dès le mois prochain dans votre collection Azur !

Retrouvez en juin 2020,
dans votre collection

AZUR

Le secret d'une innocente, de Caitlin Crews - N°4224
ENFANT SECRET
Cecilia est sous le choc. Jamais elle n'aurait imaginé revoir Pascal Furlani dans le petit village de montagne où ils se sont connus. Six ans plus tôt, cet homme l'a abandonnée sans un mot d'adieu, après l'avoir séduite dans l'abbaye même où elle avait soigné ses blessures, séquelles d'un grave accident. Comment Pascal ose-t-il se présenter devant elle, alors qu'il a bouleversé son existence tout entière ? Après son départ, en effet, Cecilia a dû rompre les vœux qu'elle s'apprêtait à prononcer, car un enfant est né de leur relation interdite…

Son cavalier du désert, de Heidi Rice - N°4225
PRINCES DU DÉSERT
Menacée par une tempête de sable en plein désert, Kasia est secourue in extremis par un mystérieux cavalier et son étalon noir… Mais, lorsque son sauveur se révèle être le prince Raif, souverain de la tribu des Kholadis, Kasia se sent de nouveau en danger. Non seulement cet homme a une réputation de guerrier débauché mais, surtout, il éveille en elle un désir aussi intense qu'insensé. Au point que, oubliant toute prudence, Kasia passe une nuit entre ses bras. Une seule nuit, mais qui pourrait bien avoir de lourdes conséquences…

La trahison d'une princesse,
de Pippa Roscoe - N°4226
Alors qu'elle admire le coucher de soleil sur les toits de Paris, la princesse Sofia mesure l'ironie de la situation. C'est dans la ville la plus romantique du monde qu'elle sera bientôt mariée à un homme qu'elle n'aime pas ! Certes, elle connaît son devoir envers son peuple, et cette union de convenance fait partie de ses nombreuses obligations. Seulement, à l'heure de renoncer à sa liberté, elle ne peut s'empêcher de songer à Theo Tersi, celui qu'elle a follement aimé autrefois, puis trahi en l'abandonnant sans un mot d'explication. Theo, qu'elle va revoir au bal de ses fiançailles, même si elle l'ignore encore…

Le fiancé d'une reine, de Rachael Thomas - N°4227

MARIAGE ARRANGÉ

Si Kaliana n'a pas trouvé un époux d'ici quatre mois, elle sera mariée de force par son père ! En tant qu'héritière du royaume d'Ardu Safra, elle a des devoirs, bien sûr, mais comment ne pas trembler devant l'injonction du roi ? Éprise de liberté, elle veut pouvoir s'unir à un homme qu'elle aura choisi. Et c'est sur Rafe Casella, un milliardaire sicilien, qu'elle jette bientôt son dévolu. Certes, il ne peut s'agir d'amour entre eux, malgré leur attirance indéniable et la nuit passionnée qu'ils ont passée ensemble. Mais au moins, leur engagement sera clair et net – et leur mariage, de pure convenance...

Tentation argentine, de Louise Fuller - N°4228

Cela fait deux ans que Mimi tente d'oublier le baiser brûlant qu'elle a échangé avec Bautista Caine, le frère de sa meilleure amie. En vain. Bien qu'il l'ait brutalement rejetée après leur fougueuse étreinte, cet homme occupe toutes ses pensées, jour et nuit ! Alors, aujourd'hui qu'elle doit le revoir à l'occasion d'un mariage en Argentine, Mimi redoute ses propres réactions. Saura-t-elle rester de marbre face à Bautista, sans trahir le désir qu'il lui inspire encore, bien malgré elle ?

**Une dernière étreinte ?,
de Melanie Milburne - N°4229**

Un week-end en Grèce. Alors que beaucoup en profiteraient pour se prélasser au soleil, Juliette n'a qu'un objectif : présenter sa demande de divorce à Joe Allegranza. Après quinze mois de séparation, il est temps pour elle de mettre fin à la mascarade de leur mariage. Certes, sa rencontre avec Joe a été passionnée. Mais jamais ils n'auraient dû convoler, alors que tous deux ne partageaient rien d'autre qu'une exceptionnelle entente charnelle. Sitôt qu'elle le revoit, hélas, ses résolutions vacillent. Son époux lui fait toujours autant d'effet, au point que Juliette a soudain très envie de s'offrir une dernière étreinte entre ses bras puissants...

**Un diamant pour son assistante,
de Clare Connelly - N°4230**

Tout réussit à Thanos Stathakis – ou *presque*. Cela fait des années qu'il cherche à racheter la société autrefois perdue par sa famille, or un obstacle se dresse encore devant lui. L'actuel propriétaire refuse de lui céder ce joyau tant convoité, pour l'unique raison qu'il traîne une réputation scandaleuse d'homme à femmes. Qu'à cela ne tienne, Thanos va se marier. Et il a déjà une idée de celle qui pourra redorer son image. Alice, son innocente assistante si troublée en sa présence, jouera à la perfection le rôle de son épouse... s'il parvient à lui passer la bague au doigt !

L'héritier d'un milliardaire grec, de Lynne Graham - N°4231

SÉRIE : *TROIS SŒURS À SÉDUIRE* - 1/3

Trahie par l'homme dont elle est tombée amoureuse, Winnie l'a quitté – sans lui révéler qu'elle portait son bébé. Aussi est-elle bouleversée lorsque, deux ans plus tard, Eros Nevrakis se présente à elle, furieux. Parce qu'il a découvert son secret, le voilà prêt à tout pour légitimer son héritier… Alors qu'il exige que Winnie l'épouse et l'accompagne sur son île grecque, elle se sent prise au piège. Si elle refuse, Eros n'hésitera pas à lui ravir ce qu'elle a de plus précieux : leur enfant.

Scandale à Madrid, de Susan Stephens - N°4232

SÉRIE : *PASSION AU PARADIS* - 2/6

À Madrid, tout le monde le connaît comme le duc d'Alegon, homme d'affaires le plus puissant d'Espagne. Mais, dans son château à flanc de montagne, il redevient Alejandro, roi des Tziganes. Fascinée par cet homme complexe à la réputation sulfureuse, la douce et innocente Sadie accepte de le suivre sur ses terres et, bientôt, cède à l'attrait qu'il exerce sur elle. Dans cette passion irrésistible et sauvage, Sadie se révèle et se perd. Jusqu'à se découvrir enceinte et provoquer par là même un retentissant scandale…

Le baiser d'Angelo Navarro, de Dani Collins - N°4233

En tant qu'héritière de la puissante famille Montero, Pia sait ce qu'on attend d'elle : un mariage avec un aristocrate de son rang. Or, à l'occasion d'un bal masqué, elle perd la raison sous le regard d'un inconnu, mystérieux et envoûtant. Un baiser, une étreinte passionnée, et voilà qu'elle lui offre son innocence… Une folie d'autant plus grande que, bientôt, Pia découvre que son amant d'une nuit n'est autre qu'Angelo Navarro, fils illégitime d'un baron. Un homme sans naissance, entouré de scandale – le dernier qu'elle devrait fréquenter, mais le seul qu'elle désire et dont elle attend l'enfant…

Séduction sans scrupule, de Lucy Monroe - N°4234

Séduire Hope Reynolds, l'épouser et se débarrasser d'elle au plus vite. Tel est le plan de Luciano Di Valerio. Non pas que ce procédé lui soit particulièrement agréable, mais il n'a pas le choix : le grand-père de la jeune femme a fait de ce mariage la condition pour lui rendre ses parts de Di Valerio Shipping, l'entreprise familiale que Luciano s'est juré de sauver de la faillite. Et puis, le désir brûlant que lui inspire Hope compensera un peu son aversion viscérale pour le mariage. Mais, à mesure que les jours passent, Luciano ne peut empêcher une question de le hanter : Hope est-elle une femme sans scrupule qui a demandé l'aide de son grand-père pour arriver à ses fins… ou l'innocente victime de cette sombre machination ?

Composé et édité par HarperCollins France.

Achevé d'imprimer en avril 2020.

BLACK PRINT

Barcelone

Dépôt légal : mai 2020.

MIXTE
Papier issu de
sources responsables
FSC® C108412

Pour limiter l'empreinte environnementale de ses livres, HarperCollins France s'engage à n'utiliser que du papier fabriqué à partir de bois provenant de forêts gérées durablement et de manière responsable.

Imprimé en Espagne.